🦋 마드리갈 가족을 소개합니다! 🦋

까시타

까시타는 마드리갈 가족이 사는 마법의 집입니다. 콜롬비아의 깊은 산속, 엔깐토라고 불리는 매력적인 장소에 숨겨진 기적이죠. 까시타는 마드리갈 가족의 일원과도 같습니다. 언제나 함께 식탁을 차리고, 계단을 옮기고, 창문을 흔들어 "안녕!" 하고 인사를 하죠!

🦋 미라벨과 아부엘라 알마를 소개합니다.

미라벨

마드리갈 가족 중 마법을 선물로 받지 못한 사람은 미라벨뿐입니다. 똑똑하고 유쾌한 미라벨은 언제나 가족들 앞에서 자신을 증명하고 싶어 합니다. 그리고 언제나 이 멋진 가족을 사랑하죠!

아부엘라 알마

아부엘라 알마는 마드리갈 가족의 우두머리라고 할 수 있습니다. 엔칸토는 그녀의 가족에게 마법을 선물로 주었죠. 아부엘라는 가족을 깊이 사랑하고 언제나 그들에게 최선을 다하고 싶어 합니다.

안토니오는 미라벨의 사촌입니다.

안토니오

조용하고 친절한 안토니오는 다섯 번째 생일이 되어 마법의 능력을 받기 전까지 매우 수줍음을 많이 타는 편에 속했습니다. 그는 동물들과 대화를 할 수 있는 능력을 받았고, 그의 방은 아름다운 열대 우림으로 꾸며졌습니다.

🦋 **루이사와 이사벨라는 미라벨의 언니입니다.**

루이사

초인적인 힘을 선물로 받은 루이사는 가족을 든든하게 받쳐주는 바위와도 같은 존재입니다. 강물의 방향을 바꾸는 일도, 교회를 통째를 들어 옮기는 일도 루이사는 기꺼이 도울 준비가 되어 있습니다.

이사벨라

이사벨라는 어디를 가든 아름다운 꽃을 피워냅니다. 우아하고 침착한 이사벨라는 모든 면에서 완벽해 보입니다. 그리고 미라벨을 제외한 모든 사람들과 사이좋게 지내죠.

훌리에타와 어거스틴은 미라벨의 부모님입니다.

훌리에타

훌리에타는 옥수수빵 같은 음식으로 사람들의 상처를 치료하는 능력을 갖고 있습니다. 친절하고 마음이 따뜻하며, 특히 마법을 받지 못한 미라벨이 소외감을 느끼지 않도록 언제나 다정하게 대해줍니다.

어거스틴

어거스틴은 훌리에타와의 결혼을 통해 마드리갈 가족이 되었기 때문에 마법의 능력을 받지는 못했습니다. 사고뭉치이긴 하지만 사려 깊은 어거스틴은 언제나 가족들에게 따뜻한 응원을 아끼지 않습니다.

페파와 펠릭스는 미라벨의 이모와 이모부입니다.

페파

페파는 기분에 따라 날씨를 바꿀 수 있는 능력을 선물로 받았습니다. 페파에게 걱정거리가 생기면 엔칸토에는 작은 폭풍이 몰아치곤 합니다.

펠릭스

펠릭스는 헌신적인 남편이자 아버지입니다. 어거스틴처럼 결혼을 통해 마드리갈 가족이 되었기 때문에 마법의 능력은 받지 못했습니다. 하지만 그의 활달한 성격 덕분에 까시타에서는 매일이 즐겁습니다.

돌로레스와 카밀로는 미라벨의 사촌이자 안토니오의 누나와 형입니다.

돌로레스

초인적인 청력을 선물로 받은 돌로레스는 엔칸토에서 벌어지는 모든 일을 속속들이 알고 있습니다. 돌로레스에게 비밀을 들키지 않는 것은 불가능합니다!

카밀로

카밀로는 변신의 귀재입니다. 종종 다른 사람의 모습으로 변해 까시타와 엔칸토 주변의 일을 거들곤 합니다.

브루노는 미라벨의 삼촌입니다.

브루노

브루노는 미래를 보는 능력을 선물로 받았습니다. 하지만 미라벨이 마법의 능력을 받지 못한 이후, 가족의 곁을 떠나 자취를 감췄죠. 그의 환영은 사람들을 불안에 떨게 했습니다. 가족들은 브루노 때문에 나쁜 일이 일어난다고 생각했습니다. 이제 사람들은 더 이상 브루노에 대해 이야기하지 않습니다.

디즈니 엔칸토: 마법의 세계

1판 1쇄 펴냄 2022년 5월 30일
글 앤절라 세르반테스 Angela Cervantes
옮긴이 안세라
펴낸이 하진석
펴낸곳 ART NOUVEAU
주소 서울시 마포구 독막로3길 51
전화 02-518-3919
팩스 0505-318-3919
이메일 book@charmdol.com
신고번호 제2016-000164호
신고일자 2016년 6월 7일
ISBN 979-11-91212-14-3 03840

© 2022 Disney
All rights reserved.
No part of this book may be reproduced in any form without written permission from the publisher.
Manufactured in Korea.
이 책의 한국어판 저작권은 Disney Korea와의 정식 계약에 의해 사용, 제작되고 있습니다.
저작권법에 의하여 한국 내에서 보호를 받는 저작물이므로 무단 전재와 무단 복제를 금합니다.

프롤로그

어린 소녀와 할머니가 서로 꼭 붙어 앉자, 촛불의 황금빛이 방 안을 가득 채웠다. 두 눈을 꼭 감은 소녀의 커다란 안경에 춤추듯 일렁이는 촛불의 불빛이 비치고 있었다.

"아브레 로스 오호스…."

사랑스러운 눈길로 손녀를 바라보던 할머니가 말했다.

"이제 눈을 뜨거라."

어린 소녀 미라벨은 눈을 떠 마법의 힘으로 타오르는 신비한 촛불을 바라보았다.

"우리 마법이 여기서 나오는 거예요?"

소녀가 물었다.

"으음, 이 촛불이 우리 가족에게 주어진 마법을 지키고 있단다."

"우린 어떻게 마법을 얻게 된 거예요?"

아부엘라는 미라벨의 어깨를 감싸 안았다. 그러자 촛불이 더욱 환하게 타올랐다. 아부엘라가 기적에 관한 이야기를 시작하자, 아른거리는 불꽃 속에서 이야기가 피어올랐다.

초라한 집에서 젊은 아부엘라와 그녀의 남편 페드로가 사랑스러운 눈으로 세쌍둥이를 바라보고 있었다. 테이블 위에는 미라벨이 아는 것과 똑같은 양초가 부드러운 빛을 내며 타오르고 있었다.

그때 갑자기 집 밖에서 거대한 불길이 솟구쳤고, 부부의 미소는 사라져버렸다.

"아주 오래전, 이 할머니의 세 아기가 막 태어났을 때란다. 네 할아버지 페드로와 나는 어쩔 수 없이 집을 떠나야만 했지."

촛불을 든 페드로는 겁에 질린 사람들을 이끌고 아름답게 펼쳐진 강을 건너고 있었다.

"새로운 보금자리를 찾기 위해 많은 사람들이 우리와 함께 길을 나섰지만 우린 위험을 피할 수 없었단다…. 그리고 네 할아버진 목숨을 잃었지."

전쟁이 온 마을을 휩쓸자 어린아이들을 데리고 마을을 떠나야만 했던 할머니는 그날 밤을 떠올리며 눈시울을 붉혔다.

이야기에 푹 빠진 미라벨은 가족들이 걱정되어 할머니의 품으로 바싹 파고들었다. 미라벨의 눈앞에 가족들이 함께 강을 건너는 모습이 펼쳐졌다. 페드로가 갑자기 뒤를 돌아봤다. 희망을 기대하던 페드로의 눈은 금세 근심으로 가득 차고 말았다. 위험이 닥치자 페드로는 가족을 지키기 위해 맞서 싸울 수밖에 없었다. 애틋한 눈으로 아부엘라를 바라보며 촛불을 건네준 페드로는 위협을 향해 걸어 나갔다.

촛불이 점점 사그라들면서 어둠이 몰려왔다. 젊은 아부엘라는 무언가 끔찍한 일이 벌어졌음을 직감했다. 그렇게 페드로는 영영 돌아오지 못하게 되었다.

슬픔에 잠긴 아부엘라는 강가에 무릎을 꿇고 촛불 앞에서 기도했다. 모든 것을 잃었다고 생각한 순간, 촛불이 다시 활활 타오르기 시작했다. 선명하고 강한 불꽃. 눈부시게 빛나는 나비들이 날아와 어둠을 밝혔다. 땅은 우르릉 소리를 냈고 산은 높이 솟아올랐다. 가족들을 보호하는 안전한 계곡이 만들어진 것이다.

할머니가 말했다.

"그 촛불은 영원히 꺼지지 않는 마법의 불꽃이 되어 타올랐고 우리에게 축복을 내려 앞으로 살아갈 피난처를 내어주었지. 경이로운 땅… 엔칸토를 말이야. 기적은 거기서 멈추지 않았어. 우리의 집 까시타는 살아 움직이는 집이 되어 우리를 보호해주었단다."

젊은 아부엘라의 기도가 이루어지고 있었다. 촛불은 점점 더 밝게 타올랐고, 땅 위로 웅장한 집 한 채가 지어졌다. 아부엘라와 세 아이들은 살아 움직이는 집을 보며 입을 다물지 못했다! 집은 창문을 들썩이며 아부엘라의 가족에게 환영의 인사를 건넸다. 깜짝 놀랄 광경에 세쌍둥이도 즐거운 비명을 질렀다.

할머니가 이야기했다.

"내 아이들이 때가 되자, 기적은 우리에게 도움이 될 특별한 마법을 선물로 주었단다. 그리고 그들의 아이들도 때가 되자…."

"그들도 마법을 갖게 되었죠!"

한껏 들뜬 미라벨이 환히 웃으며 말했다.

미라벨의 눈에 세 아이가 보였다. 다섯 살이 된 아이들은 각자의 방문 앞에 서 있었다. 마법의 양초는 아이들이 특별한 능력을 받을 수 있도록 안내했다. 아이들이 문고리를 만지자 눈부신 빛이 뿜어져 나와 아이들을 감쌌고, 아이들은 마법의 능력을 받았다. 까시타는 재빨리 아이들의 특별한 능력에 어울리는 방을 만들어냈다.

"그렇단다. 그리고 우리 가족은 각자가 받은 능력을 모아 우리 마을을 낙원으로 가꾸었지."

마법의 능력은 집 주변 황무지를 햇살 가득한 땅으로 바꾸어놓았다. 밀랍야자는 푸른 하늘 꼭대기에라도 걸릴 듯 무럭무럭 자랐고, 주렁주렁 열매를 매단 과일나무와 아름다운 꽃들이 일 년 내내 피어났다. 이 모든 일은 가족을 지키기 위해 자신을 희생한 페드로 할아버지로부터 시작된 것이었다.

미라벨은 경이로운 눈빛으로 촛불을 바라보았다. 이 작디작은 불꽃이 어떻게 그토록 강력한 힘을 가지게 되었을까?

할머니는 미라벨을 꼭 껴안고 자랑스러운 목소리로 말했다.

"오늘 밤 여기 이 초가 너에게 능력을 선물할 거야, 미라벨. 우리 마을을 강하게 하고, 우리 가족을 강하게 하고 자랑스럽게 해줄 능력."

"우리 가족을 자랑스럽게 해줄."

미라벨은 분명한 목소리로 할머니를 따라 말했다.

펑펑 폭죽이 터지며 밤하늘을 수놓았고, 까시타도 의식을 시작할 시간이 되었음을 알렸다.

"그래, 그래, 까시타, 곧 갈 거란다."

할머니가 웃으며 말했다.

까시타는 미라벨 앞으로 신발을 쓱 밀어주었다. 까시타도 미라벨만큼이나 이 순간을 기다려온 모양이었다. 할머니와 미라벨은 방문 앞에 멈춰 서서 서로의 손을 꼭 잡았다.

"전 어떤 능력을 받게 될까요?"

미라벨의 물음에 할머니가 허리를 굽혀 그녀를 쳐다보며 말했다. 목소리에는 애정과 자부심이 넘쳐흐르고 있었다.

"너는 아주 놀라운 아이란다, 미라벨. 어떤 능력이 기다리고 있든 너처럼 아주 특별한 능력일 거야."

미라벨은 작은 두 손으로 양초를 감싸 쥐었다. 따스한 온기가 느껴졌고, 할 수 있다는 자신감이 가득 차올랐다. 미라벨은 자신만의 능력을 받아 가족을 자랑스럽게 할 준비가 되어 있었다!

1장

 몇 년 후, 열다섯 살이 된 미라벨은 사촌 동생을 위한 특별한 날을 맞아 아침 일찍 잠에서 깨어났다. 해야 할 일이 산더미였다! 미라벨이 방 안을 활보하며 준비를 서두르는 통에 까시타도 덩달아 정신이 없었다. 까시타는 미라벨이 가는 방향으로 신발과 초록색 안경을 쓱 밀어주고, 그녀가 벗어 던진 잠옷을 낚아채 바구니에 쏙 집어넣었다. 미라벨은 오색실로 곱게 수놓은 치마와 블라우스로 갈아입었다. 모든 준비가 끝났다!

 방문이 열리자 미라벨은 크게 숨을 들이마시며 말했다.

 "좋아. 난 할 수 있어."

 까시타는 순식간에 미라벨을 아래층으로 내려보내 주었다. 계단

옆에는 할머니에게 이야기로만 들었던 페드로 할아버지의 초상화가 걸려 있었다. 사진 속 할아버지는 아주 젊고 멋진 모습이었다.

"안녕하세요, 할아버지!"

미라벨이 식당에 내려가 식탁을 차리자 까시타는 집 안으로 황금빛 햇살이 쏟아져 들어오도록 창문을 활짝 열어주었다. 집 밖에서는 오늘 밤 열리는 파티 때문에 잔뜩 들뜬 개구쟁이 꼬마들이 몰려와 왁자지껄 떠들고 있었다. 이들에게 마드리갈 가족의 의식은 아주 큰 행사였다. 마을 사람 모두가 손꼽아 기다리는 행사이자 다 함께 몰려와 축하를 건네는 축제의 장이기 때문이었다.

꼬마 아이들은 아침 식사를 준비하는 미라벨에게 귀가 따갑도록 각종 질문을 쏟아냈다.

"누나, 마법의 선물 받는 건 언제 해?"

한 어린 소년이 큰 소리로 물었다.

"내 사촌 동생의 의식은 오늘 밤이야."

미라벨은 하던 일을 계속하며 차분하게 대답했다. 마드리갈 가족에게 가장 중요한 행사가 열리는 오늘, 미라벨은 꼭 도움이 되고 싶었다.

"걘 어떤 능력을 받게 되는 건데?"

소년이 커피를 홀짝이며 물었다.

"그건 아직 모르지."

"누나는 어떤 능력을 받았어?"

이번엔 다른 꼬마가 물었다.
"방금 그거 물어본 사람 누구야?"
미라벨은 분주하게 손을 놀리며 짓궂은 표정으로 되물었다.
"우리!"
꼬마가 손가락으로 나머지 세 친구들을 가리키며 대답했다.
"그래, 너희들! 그런데 내 얘기만 들려주기엔 우리 가족의 역사가 너무 복잡하거든."
"전부 다 얘기해주면 안 돼?"
아이들이 마치 합창을 하듯 입을 모았다.
"너희들 계속 날 귀찮게 할 셈이구나, 그렇지?"
미라벨이 방으로 돌아가며 말했다. 가족의 역사에 대해 말하려면 가족들은 물론이고 그들이 가진 능력까지도 하나하나 설명해야 했다. 까시타의 도움이 필요한 순간이다.
까시타는 언제나 미라벨과 마드리갈 가족의 편이었다. 이들의 관계는 아주 특별하고 끈끈했다. 마법의 집 까시타에서는 매일이 새로운 모험으로 가득했다.
마음의 준비를 마친 미라벨은 먼저 벽을 따라 죽 늘어선 서랍으로 시선을 돌렸다.
"서랍!"
미라벨의 말이 떨어지기가 무섭게 서랍이 열렸다.
"바닥!"

바닥 타일이 미라벨에게 인사를 건네듯 들썩거렸다.

"문!"

집 안의 모든 방문들이 마법으로 빛났다.

미라벨이 외쳤다.

"가자!"

미라벨은 까시타와 힘을 합쳐 나머지 가족들을 깨웠다. 옷을 갈아입고 간단히 식사를 마친 가족들은 오늘의 특별한 의식을 준비하기 위해 마을로 향했다. 아이들은 신비한 능력을 가진 마드리갈 가족을 보기 위해 까시타 앞으로 모여들었다.

"맙소사, 마드리갈 가족이야!"

"어떤 능력이 있지? 이 사람은 뭘 할 수 있어? 저 사람은?"

아이들은 손가락으로 마드리갈 가족을 가리키며 꽥꽥 소리를 질렀다.

"알았어, 알았어, 진정해."

미라벨이 다정하게 미소를 지으며 말했다. 아이들이 오래 기다렸다는 걸 알고 있었으니까.

"진정을 할 수가 없는데 어떻게 진정을 해!"

커피를 든 소년이 잔뜩 흥분한 목소리로 말하자 미라벨은 걱정스러운 눈으로 소년을 바라보았다.

아이들은 너도나도 질문을 쏟아내기 바빴다.

"전부 말해줘! 누가 뭘 할 수 있다고? 어떤 능력이 있다고?"

특히 커피를 든 소년은 빨갛게 상기된 얼굴로 고래고래 소리를 질러댔다.

"가족들이 어떤 능력을 가졌는지 전부 다 말해줘!"

"이래서 커피는 어른들만 마시는 거야."

미라벨이 소년의 커피 잔을 빼앗으며 말했다.

아이들은 미라벨을 따라 마을 안으로 들어왔다. 할머니와 할머니의 세쌍둥이 자녀인 페파, 브루노, 훌리에타가 그려진 벽화를 지나게 되자, 미라벨은 아이들에게 이들이 가족 중 가장 먼저 마법의 능력을 얻게 되었다고 설명했다. 페파 이모는 기분에 따라 날씨를 바꿀 수 있는 능력을 얻었다. 그녀가 행복할 때는 며칠이고 화창한 날씨가 이어졌다. 하지만 슬플 때는… 모두 우산을 챙겨야 했다! 브루노 삼촌은 미래를 보는 능력을 갖게 되었다. 하지만 오래전에 집을 떠나 자취를 감췄고, 마드리갈 가족은 더는 브루노 삼촌 얘기를 하지 않게 되었다. 미라벨의 엄마인 훌리에타는 음식을 통해 다치거나 아픈 사람을 치료하는 능력을 선물로 받았다. 미라벨과 아이들이 훌리에타 주위를 뛰어다니는 동안에도 훌리에타는 길게 줄을 선 아픈 사람들에게 옥수수빵을 대접하느라 여념이 없었다.

마을에는 그야말로 흥이 넘쳐흘렀다. 유니폼을 갖춰 입고 축구를 하는 아이들도 있었고, 길 건너편에는 콜롬비아의 전통 놀이인 테호를 하는 무리도 있었다. 돌을 던져 과녁을 맞힐 때마다 퍽 하는 소리와 함께 사람들의 환호성이 터져 나왔다. 시장도 물건 사는 사람들과 상인들의 흥정 소리로 떠들썩했다.

미라벨은 계속해서 자신을 따라다니는 동네 꼬마들에게 자신의 아빠인 어거스틴과 페파의 남편인 익살꾼 펠릭스를 소개했다. 마드리갈 가족과 결혼한 이 두 남자에게 특별한 능력은 없었다. 그다음으로 미라벨은 모두의 존경을 한 몸에 받는 아부엘라를 소개했다. 아부엘라는 가족의 특별한 능력을 마을을 위해 쓰도록 했고, 마을 사람들은 그런 할머니를 존경하고 사랑했다. 마을 곳곳을 다니며 여러 가지 일을 도와주는 마드리갈 가족에게 사람들은 존경과 감사의 뜻을 전했다.

"마드리갈 가족 나가신다!"

"드디어 오늘이네요!"

"오늘 밤, 행운을 빌어요!"

마을 주민들이 저마다 외쳤다.

미라벨은 가던 길을 잠시 멈춰 가족들을 가만히 바라보면서 자신도 가족의 자랑이 되고 싶다고 생각했다. 그때 지나가는 마드리갈 가족을 쳐다보던 한 꼬마가 외쳤다.

"잠깐! 누가 자매고 누가 사촌이야?"

"누나는 어떻게 그걸 다 기억해?"

또 다른 꼬마가 말도 안 된다는 표정으로 물었다.

미라벨은 커다란 안경 너머로 장난스레 눈을 깜빡이며 말했다.

"좋아, 좋아, 좋아…."

아이들이 가까이 모이자 미라벨은 세 명의 사촌과 두 언니 그리고 그들의 능력에 대해 설명하기 시작했다.

사촌 언니 돌로레스는 아주 작은 소리도 들을 수 있다. 그녀의 곁에선 절대 비밀을 발설하면 안 된다! 카밀로는 자유자재로 변신하는 능력을 가졌다. 그가 당신과 똑같은 모습으로 변신하는 걸 보면 꽤나 당혹스러울 것이다! 그리고 사촌 안토니오는 바로 오늘, 능력을 받게 될 것이다.

이어서 미라벨은 자신의 두 언니, 우아한 이사벨라와 힘세고 믿음직스러운 루이사를 소개했다. 이사벨라는 완벽 그 자체다. 이사벨라의 우아한 손짓 하나면 공중에서 꽃이 피어났고, 마을 사람들은 모두 그녀를 좋아했다. 지금 이 순간에도 멋진 청년 마리아노가 곁눈질로 이사벨라를 쳐다보고 있다. 루이사 언니는 힘이 세고 책임감이 강하다. 태평양처럼 넓은 마음만큼이나 커다란 근육을 가지고 있었다. 시원한 그늘을 만들기 위해 야자수를 옮겨 심어야 한다고? 문제없다! 루이사가 있으니까! 교회의 방향을 바꾸고 싶다고? 루이사에겐 식은 죽 먹기였다! 루이사에게 불가능은 없으니까.

미라벨이 언니와 사촌들의 능력에 관한 설명을 마치자 마을에 종소리가 울려 퍼졌다. 집으로 돌아갈 시간이 된 것이다.

"마드리갈! 어서 준비하자!"

계획한 일을 모두 마친 아부엘라는 만족스러운 미소를 지으며 외쳤다.

"갑시다, 여러분!"

루이사의 말에 마드리갈 가족은 다 함께 모여 집으로 향했다. 미라벨도 서둘러 가족의 뒤를 따랐다. 그때 한 꼬마 숙녀가 미라벨을 막아서며 물었다.

"근데 언니 능력은 뭐야?"

미라벨은 딴청을 피우며 그럴듯한 변명거리를 생각해 내려 애썼다. 때마침 현관문 앞에 아부엘라가 나타나 물었다.

"너 지금 뭘 하고 있는 거니?"

"어, 음, 얘들이 우리 가족에 대해 물어봐서요…."

미라벨이 더듬거리며 대답했다.

"미라벨이 자기가 받은 엄청 멋진 능력에 대해 말해준댔어요!"

아이들 중 하나가 외쳤다. 그러자 아부엘라는 당혹스러운 표정으로 미라벨을 바라보았다.

"아, 미라벨은 능력 못 받았어."

어디선가 돌로레스가 불쑥 나타나 말했다. 미라벨은 얼굴을 찌푸렸다. 돌로레스가 모든 걸 듣고 있다는 사실을 깜빡한 것이다. 돌로레스는 미소를 지으며 지나갔고 아부엘라는 실망스럽다는 듯이 고개를 저으며 자리를 떠났다.

아이들은 속았다는 표정으로 미라벨을 바라보았다.

"언니는 능력을 못 받았어?"

꼬마 숙녀가 슬픈 눈으로 미라벨의 얼굴을 바라보며 물었다.

"어, 음….."

미라벨이 머뭇거리며 말을 돌리려는데 당나귀와 함께 한 남자가 나타났다.

"미라벨! 배달이야!"

남자는 행사에 필요한 물건이 잔뜩 담긴 바구니를 미라벨의 품에 안겨주었다.

"이 '특별한' 건 너한테 줄게. 가족 중에 너만 능력을 못 받았으니까. 이 물건은 '특별하지 않은' 특별이라고 불러. 왜냐하면… 음, 너만 능력을 못 받았으니까."

"고마워요."

당황한 미라벨이 그 자리에 얼어붙은 채 말했다.

"안토니오에게 응원한다고 전해줘. 지난번 의식은 실망이었어. 네 차례였을 땐 완전 꽝이었잖아."

남자는 당나귀를 쓰다듬으며 말했다.

남자가 자리를 떠나자 아이들은 아무 말도 못 하고 미라벨의 얼굴만 빤히 쳐다보았다. 미라벨은 바구니를 품에 안은 채 어색한 미소만 짓고 있었다.

"내가 언니였다면 난 진짜로 슬펐을 거야."

꼬마 숙녀가 말했다.

"있잖아, 꼬마 친구들아. 난 슬프지 않아. 왜냐하면 솔직히 말해서 능력이 있든 없든 난 다른 가족들처럼 특별하거든."

미라벨이 어깨를 으쓱하며 미소를 지었다.

아이들은 까시타에서 각자의 마법으로 놀라운 능력을 발휘하고 있는 마드리갈 가족을 힐끗 본 뒤 다시 미라벨을 바라보았다.

"언니 능력은 우기기인가 봐."

안뜰에서는 사람들이 안토니오의 의식을 준비하느라 눈코 뜰 새 없이 바빴다. 미라벨이 커다란 식료품 바구니를 안고 들어왔지만 신경 쓰는 사람은 아무도 없었다.

"오, 죄송해요, 지나갈게요….."

미라벨이 무거운 짐을 들고 휘청휘청 걸어가며 말했다.

"루이사, 피아노는 어떻게 돼가고 있어? 좀 도와줄까?"

"더 높이 올려, 더 높이."

가족들은 서로 의견을 주고받으며 수여식 준비에 여념이 없었다.

"카밀로, 호세가 한 명 더 필요해."

"호오오오세!"

아부엘라의 부탁에 미라벨의 사촌 카밀로는 큰 소리로 '호세'를 외치며 키가 큰 호세로 변신했다. 그러고는 진짜 호세와 함께 힘을 합쳐 '안토니오!'라고 적힌 현수막을 방문 위에 매달았다.
"루이사, 그 피아노 좀 2층으로 옮기렴."
아부엘라가 말했다.
"알겠어요!"
루이사는 대답과 함께 피아노를 어깨에 짊어졌다.
페파가 초조하게 서성거리자 안뜰에는 회오리바람이 불었고, 미라벨은 물건이 날아가지 않게 꼭 붙들고 있어야 했다.
"우리 아가의 밤이 완벽해야 하는데 그렇지가 않아. 게다가…."
페파가 웅얼거리자 펠릭스가 다가와 페파를 진정시키며 말했다.
"여보, 여보! 당신 회오리바람 때문에 꽃이 망가지잖아."
"방금 누가 꽃을 찾았나요?"
어디선가 달콤한 목소리가 들리더니 이사벨라가 꼭대기 층에서 꽃 덩굴을 타고 아래로 내려왔다. 이사벨라의 등장과 함께 선명한 빛깔의 꽃들이 활짝 피어났고 꽃잎이 여기저기 흩날렸다.
"오, 우리의 천사, 우리의 천사!"
펠릭스가 감탄하자 이사벨라가 손사래를 치며 말했다.
"박수는 사양할게요."
페파도 이사벨라에게 감사의 인사를 건넸다.
"아, 고마워, 이사벨라."

"별말씀을요."

이사벨라가 꽃잎을 뒤집어쓴 미라벨 옆으로 우아하게 착지하며 말했다. 미라벨은 언니처럼 품위 있고 우아해 보이길 바라는 몸짓으로 꽃잎을 툭툭 털어냈다.

"진정해, 여기에서 널 쳐다보는 사람은 아무도 없어."

"그래, 사람들은 언니만 쳐다보겠지. 왜냐하면… 언니는 너무 예쁘니까."

"으어, 미라벨."

예상치 못한 반응에 움찔한 이사벨라는 미라벨을 힐끗 쳐다보고는 다른 쪽으로 가버렸다.

가족에게 꼭 도움이 되고 싶었던 미라벨은 언니의 태도에 아랑곳하지 않고 다시 무거운 짐을 부엌으로 옮겼다. 미라벨의 엄마가 곁으로 다가와 말했다.

"맙소사, 미라벨, 괜찮니? 무리할 필요는 없어."

"알아요 엄마. 전 그냥 제 몫을 하고 싶은 거예요. 다른 가족들처럼요."

미라벨이 끙 하고 신음 소리를 내며 무거운 짐을 탁자 위로 올리자, 타일이 재빨리 움직이며 물건을 옆으로 보내주었다.

"엄마 말이 맞아."

미라벨의 아빠가 불쑥 나타났다. 아빠의 얼굴은 여기저기 잔뜩 부어 있었다.

"으이!"

미라벨이 얼굴을 찌푸리며 엄마를 힐끗 보았다. 엄마는 한숨을 쉬며 옥수수빵을 반죽하기 시작했다.

아빠가 말했다.

"너 이후 첫 의식이잖니. 물론 심란하겠지만…."

아빠의 얼굴을 본 미라벨이 엄마에게 말했다.

"벌에 쏘였어요."

"못 말려, 정말."

아빠는 대수롭지 않다는 듯 계속해서 말을 이어갔다.

"나도 그 기분 알아. 아빠랑 네 이모부는 결혼을 통해 마드리갈 가족이 됐잖니. 우린 마법 능력이 없는 외부인들이지. 앞으로도 능력을 받을 일은 없을 거고. 특별한 사람들에게 둘러싸인 기분은 마치 뭐랄까…. '안 특별'하지."

"알아요, 아빠."

"내가 다 이해한다는 뜻이야."

"드세요."

미라벨의 엄마가 아빠의 입에 옥수수빵을 집어넣으며 말했다. 아빠의 부은 얼굴은 금세 가라앉았다. 엄마는 다시 미라벨에게 말했다.

"애야, 엄마랑 얘기하고 싶다면…."

"이 물건들 좀 꺼내고요. 집이 알아서 장식되진 않잖아요."

갑자기 까시타가 보통 집과는 다르다는 사실이 생각난 미라벨이 말했다.

"아, 미안, 넌 빼고. 넌 멋져."

미라벨은 다시 양팔 가득 물건을 안고 부엌을 빠져나갔다.

"우리 딸, 잊지 마. 잘하려고 애쓸 필요 없단다."

"잘하려고 애쓸 필요 없어!"

엄마 아빠가 미라벨의 등 뒤에서 외쳤다. 두 사람은 자신들의 조언이 훌륭했다고 생각하며 서로 만족스러운 미소를 주고받았다. 비록 아빠는 또 벌에 쏘여 금세 다시 주먹코로 돌아갔지만.

잘하려고 지나치게 애쓰지 않아도 된다는 생각에 미라벨은 기분이 좋아졌다. 미라벨은 씩씩하게 커다란 상자를 2층으로 옮기고 양초를 꺼내 발코니 주변을 장식했다. 집 안은 사람들의 목소리로 떠들썩했다.

"까시타, 마을 사람이 모두 올 거야. 계단 넓이가 두 배는 돼야지."

"그거 만지지 마! 아부엘라 거야."

"내 기타 본 사람 없어요?"

미라벨은 마치 외톨이가 된 기분이었지만 자신만의 방법으로 안토니오에게 특별한 날을 만들어주고 싶었다. 미라벨이 들고 온 상자에는 할머니를 위해 직접 만든 특별한 선물이 들어 있었다.

복도를 따라 상자를 옮기던 미라벨은 브루노의 탑 입구에 잠시 멈춰 섰다. 브루노의 방문은 나무판자로 막혀 있었고 거미줄까지

처져 있었다. 호기심이 생겼지만 한편으론 조금 으스스하기도 했다. 가족 중 브루노에 대해 이야기하는 사람은 아무도 없었다. 브루노 삼촌에게 무슨 일이 있었던 걸까? 삼촌은 왜 사라진 거지?

미라벨은 다시 하던 일에 집중했다. 바닥에 무릎을 꿇고 앉아 할머니를 위해 만든 예쁜 촛불 문양 도일리를 꺼내놓았다. 벽에는 멋진 가족사진이 걸려 있었다. 미라벨은 사진을 찬찬히 살펴보다 자신의 사진은 그곳에 없다는 것을 깨달았다.

'없을 수밖에 없지.'

벽에는 마법의 능력을 받은 가족들의 사진만 걸려 있었다. 자신의 사진은 그곳에 걸릴 수 없다는 걸 미라벨은 잘 알고 있었다.

"한 시간 전!"

할머니가 소리쳤다. 그러자 깜짝 놀란 미라벨이 바닥에 촛불을 떨어뜨렸고, 할머니를 위해 만든 도일리에 순식간에 불이 붙었다. 얼른 불을 껐지만 도일리는 이미 망가진 뒤였다. 이 상황을 모두 본 할머니가 미라벨 앞으로 다가와 말했다.

"아무래도 집 안 장식 같은 건 다른 사람한테 맡겨야겠지?"

"아, 아니에요. 이건 사실 깜짝 선물로 만든 거예요. 할머니께 드리려고…."

미라벨이 망가진 도일리를 매만지며 말했다.

할머니는 어떻게 해야 할지 모르겠다는 듯이 미라벨을 바라보았다. 바로 그때 할머니가 공중에 떠다니는 먹구름을 발견하고 소리쳤다.

"페파, 위에 구름 꼈다."

"알아요 엄마. 그런데 우리 안토니오가 안 보인다고요. 어떻게 구름이 안 껴요?"

아부엘라는 길게 한숨을 쉬며 주변을 둘러보고는 시간을 확인했다. 곧 마을 사람들이 들이닥칠 시간이었다.

"제가 찾을 수 있어요."

미라벨이 말했다.

"오, 너는 가서 정리부터 하는 게 좋겠구나."

"네! 혹시라도 도울 게 있다면…."

"미라벨, 거들고 싶은 건 알겠지만 오늘 밤은 모든 게 완벽해야 해. 마을 전체가 우리 가족과 우리의 능력에 의지하고 있잖니. 그러니 우리는 능력을 가진 가족들이 각자 제일 잘하는 일을 할 수 있도록 조금 물러나 있자. 알았지?"

미라벨의 말이 채 끝나기도 전에 할머니의 당부가 이어졌다.

"네, 음, 알겠어요."

미라벨은 고개를 끄덕였다.

할머니의 말에 매우 속이 상했지만 늘 그랬듯 미라벨은 할머니의 말을 듣기로 결심했다. 할머니를 사랑했고 할머니의 자랑이 되고 싶었으니까! 하지만 미라벨은 자신이 왠지 할머니께 실망스러운 모습만 보이고 있는 것 같았다. 또다시 집 안에 돌풍이 불자 할머니는 입을 꾹 다문 채 미라벨에게 억지 미소를 지어 보였다.

"페파! 바람 불잖니!"

"아! 어쩌란 말씀이세요! 우리 아들이 안 보인다고요!"

페파 이모는 반쯤 넋이 나간 채 소리쳤다.

할머니의 말대로 미라벨은 방으로 들어갔다. 오늘 밤이 할머니와 가족들, 그리고 엔칸토 전체에 얼마나 중요한지 알고 있었기 때문이다. 할머니는 가족의 자랑이 되고 싶은 미라벨의 마음을 왜 몰라주는 걸까?

3장

　미라벨은 침대 모서리에 앉아 방금 전 할머니와 나눈 대화를 머리에서 지워버리려고 애를 썼다. 미라벨은 찬찬히 방을 둘러보았다. 마드리갈 아이들이 다섯 살이 될 때까지 지내는 방이었다. 다섯 살이 되던 해, 미라벨에게도 마법의 능력과 새 방이 생겼어야 했지만, 미라벨은 아무것도 받지 못했다.

　안토니오의 짐은 깔끔하게 포장되어 침대 위에 놓여 있었다. 새로운 방으로 갈 준비를 마친 것이다. 모든 일이 순조롭게 진행된다면 안토니오는 자기만의 방과 마법의 문을 가지게 될 것이다. 그리고 미라벨은 이곳에 혼자 남게 될 것이다. 하지만 미라벨은 어깨를 쭉 폈다. 스스로를 불쌍하다고 여길 필요가 전혀 없다는 걸 잘 알고 있었으니까. 미라벨은 이제 곧 이 방을 떠날 안토니오를 응원해주기로 결심했다.

미라벨은 서랍 속에서 예쁘게 포장된 작은 선물 상자를 꺼냈다. 미라벨이 입은 원피스와 똑같은 무늬로 수를 놓은 상자였다. 미라벨은 리본에 손가락을 걸고 상자를 대롱대롱 매달아 들었다.

"모두들 널 찾고 있어."

미라벨이 얘기했지만 아무런 말도 들리지 않았다.

"이 선물은 안 받으면 저절로 터진답니다. 셋, 둘, 하나…."

침대 밑에서 안토니오의 작은 손이 튀어나와 얼른 선물을 낚아챘다. 미라벨은 미소를 지으며 안토니오가 숨어 있는 침대 밑으로 미끄러지듯 들어갔다.

"긴장되니?"

미라벨이 묻자 안토니는 고개를 끄덕였다.

"아무것도 걱정할 필요 없어. 넌 능력을 받을 거고, 방문을 여는 순간 엄청나게 꿈같은 일이 벌어지게 될 거야. 난 알아."

"만약에 아무 일도 일어나지 않으면?"

"글쎄, 그런 말도 안 되는 일이 일어난다면 너는 여기, 이 아기방에 나랑 같이 남겠지. 그럼 영원히 내가 널 독차지하는 거야."

미라벨이 장난 섞인 말투로 이야기했다. 안토니오는 미라벨을 바라보았다. 그의 눈에는 누나와 헤어져야 한다는 서운함과 누나에 대한 사랑이 가득 담겨 있었다.

"누나도 문이 있으면 좋을 텐데."

안토니오의 속삭임이 미라벨의 마음을 울렸다. 안토니오는 부끄러움을 많이 타고 말이 없는 조용한 아이였다. 하지만 미라벨과 함께 있을 때면 자신의 속마음을 털어놓을 만큼 편안함을 느끼곤 했다. 미라벨은 수줍음 많고 사려 깊은 안토니오를 몹시 사랑했다.

"그거 알아? 내 걱정은 할 필요 없어. 나에겐 끝내주는 가족이 있고, 이 끝내주는 집이 있고, 끝내주는 네가 있거든. 네게 특별한 능력과 문이 생기는 걸 보는 일은 말이지, 그건 나한테도 무엇보다 행복한 일이 될 거야."

미라벨은 손가락으로 두 다리가 움직이는 것 같은 모양을 만들었다. 그리고 자신이 만든 선물을 안토니오 쪽으로 쓱 밀어주고는 다시 말을 이어갔다.

"그런데 이걸 어쩌나. 내 최고의 룸메이트를 보내야만 한다니, 아쉽네!"

미라벨이 턱 끝으로 선물을 가리키자 안토니오가 상자를 열어보았다. 상자 안에는 미라벨이 헝겊으로 만든 재규어 인형이 들어 있었다. 안토니오는 인형을 꼭 껴안았다.

"너 동물 엄청 좋아하잖아. 그래서 네 멋진 새 방에 데려가라고 만든 거야. 넌 항상 무언갈 끌어안고 자잖아."

까시타는 마룻바닥을 들썩들썩 움직여 미라벨과 안토니오에게 의식을 시작할 시간이 되었음을 알렸다.

"좋아, 꼬마 친구, 준비됐어?"

안토니오는 고개를 끄덕였다. 미라벨은 자리에서 일어나려다 말고 안토니오를 다시 한번 꼭 껴안았다.

"미안, 한 번만 더 껴안자."

까시타는 마치 장난기 가득한 아이처럼 마룻바닥을 들썩여 침대 밑에서 아이들을 몰아냈다.

"알았어, 알았어. 지금 간다고! 으아!"

4장

 마을은 점점 축제 분위기로 뜨겁게 달아오르고 있었다. 사람들은 이 중요한 날을 기념하기 위해 노래를 부르고 폭죽을 터뜨렸으며, 촛불로 마드리갈 가족의 집으로 가는 길을 밝혀주었다. 마지막 의식이 실패로 돌아간 후 십 년이 흘렀다. 이번에는 의식이 성공적으로 치러지기를 마을 사람 모두가 바라고 있었다.
 사람들이 도착하자 가족들은 각자 자신이 맡은 일을 했다. 루이사는 손님들이 타고 온 당나귀를 적당한 장소에 옮겨두었다. 현관문 앞에서는 카밀로가 손님들의 눈높이에 맞게 변신을 거듭하며 악수를 하고 그들을 맞이했다. 손님들이 입장하자 까시타는 모자와 외투를 벽에다 걸었다. 이사벨라는 손님들에게 꽃잎을 뿌려주었다.

마리아노는 이사벨라를 흠모하며 몰래 지켜보고 있었다. 마을 사람들은 아름답게 장식된 마법의 집을 보고 놀란 입을 다물지 못했다.

계단 위에는 안토니오의 문이 눈부시게 빛나고 있었다. 문을 가까이에서 보려는 몇몇 꼬마들이 몇 번이나 계단을 올랐지만 그럴 때마다 계단은 미끄럼틀로 변신해 아이들을 1층으로 내려보냈다.

미라벨은 안토니오를 의식이 시작되는 계단 끝으로 데려갔다. 안토니오를 발견한 가족들이 달려 나왔다.

"드디어 나타났구나! 준비됐니?"

안토니오의 아빠, 펠릭스가 물었다.

"우리 아들 좀 봐, 다 컸네."

페파가 눈물을 글썽이자 머리 위로 먹구름이 생겼다.

"페파, 조심해. 당신 때문에 우리 애 다 젖겠어."

펠릭스가 말했다.

"이 아빠는 네가 정말 자랑스럽다."

펠릭스로 변신한 카밀로가 그의 목소리를 흉내 내며 말했다.

"내 목소리 안 그래."

펠릭스가 투덜거렸다.

"내 목소리 안 그래."

카밀로가 또다시 그를 따라했다.

돌로레스가 멀리서 들려오는 소리에 귀를 쫑긋하더니 앞으로 나와 말했다.

"할머니께서 부르셔. 시간 다 됐대."

페파가 허리를 숙여 안토니오에게 뽀뽀를 한 뒤 말했다.

"자, 안토니오. 우리는 네 문 앞에서 기다릴게!"

"좋아, 좋아. 가자!"

펠릭스가 힘차게 외쳤다.

"좋아, 좋아. 가자!"

카밀로는 펠릭스에게 끌려가기 전까지 계속해서 펠릭스의 모습으로 변신한 채 그를 흉내 냈다.

둥둥 북소리가 울려 퍼지기 시작했다. 할머니는 마법의 양초를 들고 가족과 마을 사람들을 향해 이야기했다.

"지금으로부터 오십 년 전, 가장 어두웠던 순간에 이 촛불은 우리에게 기적이라는 축복을 내렸습니다. 그리고 영광스럽게도 우리 가족은 우리가 받은 축복을 이 사랑하는 마을을 위해 쓸 수 있었습니다. 오늘 밤, 우리는 다시 이곳에 모여 우리를 자랑스럽게 해줄 그 빛을 향해 나아가려 합니다."

사람들은 환호했다. 커튼 뒤에 서 있던 안토니오도 모습을 드러냈다. 안토니오는 앞으로 나아가기 두려워하는 모습이었다. 집 안에 침묵이 흘렀지만 안토니오는 발을 떼지 못했다. 까시타가 나서서 도와주려 했지만, 안토니오는 꼼짝도 하지 않고 그 자리에 그대로 서 있었다. 사람들은 모두 안토니오를 쳐다보았다. 그때 안토니오가 미라벨에게 손을 내밀었다. 미라벨은 가슴이 철렁 내려앉다. 할머니가 허락하지 않을 게 분명했기 때문이다. 미라벨의 머릿속에는 자신의 의식이 치러지던 날의 기억이 끊임없이 떠올랐다. 의식은 완전한 실패였다. 그런 불행한 기운이 안토니오에게 전해지면 어쩌지? 미라벨은 촛불을 들고 있는 할머니를 슬쩍 본 뒤, 다시 안토니오에게 눈길을 돌렸다.

"난 갈 수 없어."

"누나가 같이 가줘."

미라벨과 안토니오가 서로 속삭였다. 미라벨은 어떻게 해야 할지 너무나도 혼란스러웠다. 인생 최악의 기억을 마주하고 용기를 내 앞으로 나아갈 수 있을까? 할머니의 허락 없이 안토니오를 도와줘도 괜찮을까? 고민하던 미라벨은 마음을 단단히 먹었다.

'안토니오가 원한다면, 내가 도와야지!'

미라벨은 안토니오가 선물을 받을 수 있도록 함께 걸어가겠다고 마음먹었다.

"가자. 네 문까지 데려다줄게."

미라벨이 안토니오가 내민 손을 잡으며 말했다. 안토니오는 힘주어 미라벨의 손을 잡고 앞으로 걸어 나갔다.

둘을 본 사람들은 당혹감을 감추지 못했다. 지난번에 미라벨의 의식이 실패로 끝났던 것은 가족들에게도 가슴 아픈 기억이었기 때문이었다.

한 발 한 발 문을 향해 다가갈수록 미라벨에게 그날의 아픈 기억이 선명하게 떠올랐다. 미라벨은 그날 밤을 떠올렸다. 미라벨은 눈부시게 빛나는 문고리를 향해 손을 뻗었다. 문고리를 잡으면 마법의 빛이 미라벨의 몸을 감싸줄 것이라고 생각했다. 하지만 그런 일은 일어나지 않았다. 문틈으로 새어 나오던 빛은 이내 사라져버리고 말았다! 미라벨에게는 아무런 능력도 주어지지 않았다. 그날부터 미라벨을 바라보는 할머니의 눈빛은 달라졌고, 미라벨에 대한 사람들의 기대도 바뀌었다. 미라벨도 스스로에 대한 확신이 흔들렸다.

미라벨은 고통스러운 기억을 떨쳐내려고 노력하며 다시 안토니오에게 집중했다. 문 앞에 다다르자 미라벨은 안토니오의 손을 할머니에게 넘겨주었다.

"네가 받을 능력을 이 마을을 위해 쓰겠니? 이 기적을 받아 우리를 자랑스럽게 해주겠니?"

안토니오가 수줍게 고개를 끄덕이자 할머니가 문고리를 잡으라는 신호를 보냈다. 안토니오의 눈에 잠시 불안이 스쳤지만, 문고리를 잡자 그의 몸은 금세 환하게 빛났다. 마법의 힘이 전달된 것이다! 바로 그때 큰부리새 한 마리가 안토니오의 팔 위로 날아왔다. 새는 날개를 퍼덕이며 지저귀었다. 안토니오의 두 눈이 휘둥그레졌다.

"아하, 아하, 무슨 말인지 알겠어. 당연히 데려와도 되지!"

신이 난 안토니오가 들뜬 목소리로 말했다.

갑자기 수십 마리의 동물이 몰려들었고 문에는 동물 그림이 새

겨졌다. 안토니오가 동물과 대화하는 능력을 얻은 것이다! 할머니는 그가 능력을 받았다는 사실에 크게 기뻐하며 안도의 한숨을 내쉬었다.

"우리가 새 능력을 얻었습니다!"

사람들은 환호성을 질렀고, 폭죽이 밤하늘을 수놓았다. 안토니오는 방문을 열었다. 그러자 각종 동물과 식물이 어우러진 거대한 열대 우림이 나타났다. 재규어가 나타나 안토니오를 등에 태우곤 방 안을 질주했다. 안토니오는 기뻐하며 크게 웃었다. 펠릭스가 안토니오를 바라보며 외쳤다.

"멋지다, 안토니오! 대단해!"

안토니오가 재규어에게 물었다.

"너 지금 어디 가는 거니?"

재규어는 나무 위로 뛰어오르더니 안토니오를 공중으로 높이 던져주었다.

"후우아!"

기쁨에 찬 안토니오가 소리쳤다. 안토니오는 해먹 위로 떨어진 뒤 다시 하늘 높이 솟아올랐다. 그런 다음 뱀 밧줄을 잡고 강 위를 미끄러지듯 건넜다. 생애 최고의 순간이었다! 안토니오는 재규어와 함께 한바탕 신나는 질주를 끝내고 가족들 앞으로 돌아와 멈춰 섰다. 모두가 안토니오에게 축하의 인사를 건네는 동안 재규어가 장난스럽게 어거스틴에게 뛰어올라 그를 넘어뜨렸다. 할머니는 안토니오를 끌어당겨 꼭 껴안으며 말했다.

"네가 잘해낼 줄 알았다. 너처럼 아주 특별한 능력을 받았구나."

미라벨은 문 앞에 선 채 안토니오에게 축하를 건네는 가족들을 지켜봤다. 여러 가지 감정이 몰려왔다. 안토니오가 능력을 받게 되어 정말 기쁘면서도, 한편으로는 자신이 외톨이에 쓸모없는 존재가 된 것 같다는 생각이 들었다. 미라벨은 특별한 능력을 얻는 것만이 가족을 자랑스럽게 할 유일한 방법인지 궁금했다. 능력을 받지 못한다면 가족의 일원이 될 수 없는 걸까?

"우리 사진 찍어야지. 이리 모여봐! 어서! 정말 멋진 밤이야. 정말 완벽한 밤!"

가족들은 사진을 찍기 위해 서둘러 모였다.

"자, 다 같이 외쳐볼까?"

"라 파밀리아 마드리갈!"

가족들이 크게 외쳤다. 아무도 미라벨이 없는 것을 눈치채지 못했다. 구석진 곳에 홀로 서 있던 미라벨은 다시 한번 외톨이가 된 기분을 느끼며 그곳을 빠져나갔다.

5장

온종일 씩씩한 표정을 지었던 미라벨도 이제는 외톨이가 된 것 같고, 쓸모없는 사람이 된 것 같은 기분을 떨칠 수가 없었다. 미라벨이 가장 바랐던 것은 가족사진 안에서 떳떳하게 자신의 자리를 차지하는 것이었다. 가족들은 모두 자신이 해야 할 일과 자신이 있어야 할 곳을 정확히 알고 있는 듯했다. 언젠가는 미라벨의 사진도 벽에 걸릴 수 있을까?

미라벨은 춤과 음악을 뒤로하고 안뜰로 발걸음을 옮겼다. 축하 파티에 끼고 싶은 기분이 아니었다. 미라벨은 자신에게도 기적이 일어나길 바라며 마법의 촛불을 가만히 바라보았다. 오래전 촛불이 할머니의 기도를 들어주었듯 자신의 기도도 들어주길 바랐다.

그때 갑자기 무언가 퍽 하고 부서지는 소리가 들렸다. 옥상의 기와가 바닥으로 떨어져 깨지는 소리였다. 뭔가 잘못된 게 분명했다. 집이 그렇게 부서질 리는 없었으니까! 미라벨은 얼른 깨진 타일을 들어 자세히 살펴보았다. 날카로운 모서리에 손을 베여 움찔한 것도 잠시, 미라벨의 눈앞에서 안뜰의 타일이 모두 망가지고 있었다. 집은 마치 고장 난 기계 같았다! 미라벨은 혼란스러워하며 그 모습을 지켜보았다. 도대체 무슨 일이 일어나고 있는 거지?

"까시타?"

미라벨이 떨리는 목소리로 말했다. 이런 일은 지금까지 단 한 번도 일어난 적이 없었다.

미라벨은 까시타를 진정시키려는 듯 벽 위로 손을 올렸다. 쩍! 미라벨이 손을 올린 곳이 갈라지기 시작했다. 균열은 벽을 타고 이리저리 뻗쳐나갔다. 겁에 질린 미라벨은 뒤로 물러났다. 균열은 점점 퍼져나갔고 벽은 속수무책으로 갈라지고 있었다. 미라벨은 가장 큰 균열을 따라 계단을 뛰어올라갔다. 균열은 페드로 할아버지의 초상화를 지나 2층으로 이어지고 있었다. 잠깐 방향을 잃고 주춤한 사이 어디선가 또 벽이 갈라지는 소리가 들려왔다. 미라벨은 복도로 눈을 돌렸다. 균열은 이사벨라의 방으로 이어졌고, 방문은 간신히 빛을 내뿜고 있었다.

미라벨은 계속해서 균열을 따라 뛰었다. 균열은 루이사의 방과 브루노의 탑을 지나 할머니의 방 그리고 촛불 쪽으로 번지고 있었다. 균열이 커질수록 양초의 불꽃은 사그라들고 있었다. 미라벨은 겁에 질린 채 자신을 둘러싼 집 전체가 어두워지는 모습을 지켜보았다.

한편, 안토니오의 방에서는 흥겨운 축제 분위기가 한창 무르익고 있었다. 모두가 살사 음악에 맞춰 빙글빙글 돌며 신나게 춤을 추고 있었다.

"어머니, 나오세요!"

"알았다, 알았어."

펠릭스가 춤을 권하자 아부엘라도 음악에 맞춰 가볍게 몸을 흔들었다.

바로 그때 미라벨이 정신없이 달려와 외쳤다.

"우리 집이 위험해요! 우리 집이 위험하다고요!"

연주가 멈추고, 사람들은 걱정하는 눈빛으로 미라벨을 쳐다봤다.

"타일이 떨어지고 벽마다 금이 갔어요. 촛불은 꺼지기 일보 직전이고요!"

미라벨이 가쁜 숨을 몰아쉬며 말했다. 파티에 온 사람들도 불안해하며 수군대기 시작했다. 주변을 본 할머니는 손님들이 불안해하고 있다는 사실을 깨닫고 재빨리 행동을 취해야겠다고 생각했다. 할머니가 미라벨에게 말했다.

"가보자."

미라벨은 잔뜩 금이 간 안뜰로 사람들을 안내했다. 하지만 그곳에 도착했을 때, 벽에는 아무런 균열도 없었다. 촛불도 언제 그랬냐는 듯 환히 불타오르고 있었다.

"바로 여기에 금이 가기 시작했어요. 집이 다 무너질 것 같았다고요. 촛불도 꺼지기 일보 직전이었고요… 까시타?"

미라벨은 까시타를 불러보았지만 까시타는 아무런 반응도 하지 않았다.

할머니는 촛불을 한 번 보고 다시 미라벨을 바라보았다. 당혹스러움과 실망이 역력한 표정이었다.

"할머니, 정말이에요. 제가…."

"그만 됐다."

할머니가 차가운 얼굴로 말했다. 그리고 불안한 얼굴로 웅성거리는 사람들을 향해 외쳤다.

"우리 마드리갈 가족의 집에는 아무 문제가 없습니다. 우리의 마법은 강하고… 술 역시 강하죠! 자, 음악 주세요. 춤을 춥시다!"

미라벨의 아빠가 신호를 보내자 루이사는 재빨리 피아노를 가져왔고, 아빠는 어색한 분위기를 바꾸기 위해 피아노를 연주했다. 이사벨라는 코웃음을 치며 미라벨의 옆을 지나갔다. 미라벨은 또다시 외톨이가 된 기분이었다. 모든 것이 혼란스러웠다. 사람들은 냉정한 시선으로 미라벨을 바라보며 다시 파티가 열리는 곳으로 되돌아갔다.

미라벨의 엄마, 훌리에타는 걱정스러운 눈으로 미라벨을 바라보왔다. 미라벨은 여전히 혼란스러운 얼굴로 그곳에 서 있었다. 미라벨이 뭘 보았는지는 그녀 자신만이 알고 있었다.

6장

 파티는 계속되었다. 미라벨은 부엌에서 엄마와 함께 이야기를 나누었다. 균열은 사라졌지만 무슨 일이 일어났는지 똑똑히 보았다. 물론 엄마는 미라벨의 이야기를 믿어주었다.
 "제가 지어낸 얘기면 손을 어떻게 베여요? 그리고 제가 왜 안토니오의 밤을 망치겠어요. 엄마는 정말 제가 그럴 거라고 생각하세요?"
 "엄마 생각엔, 네가 오늘 참 힘들었겠다 싶어."
 "그게 아니라… 저는 우리 가족을 보호하려고 그랬던 거예요. 제가 루이사 언니처럼 무적의 천하장사도 아니고, 손가락 하나 까딱 안 해도 모든 게 완벽한 이사벨라 언니처럼 행운아는 아니지만요. 하… 됐어요."

까시타는 조리대를 움직여 홀리에타에게 옥수수빵을 건넸다.
"네가 얼마나 귀한 애인지 알았으면 좋겠어. 넌 완벽해, 여기 이것처럼. 넌 이 가족의 어느 누구 못지않게 특별한 존재야."
홀리에타가 미라벨의 손에 옥수수빵을 쥐여주며 이야기했다.
"엄마는 방금 옥수수빵 하나로 제 손을 치료하셨네요."
"네 손을 고친 건 딸을 향한 내 지극한 사랑이지. 내 딸은 머리도 똑똑하고…."
홀리에타는 미라벨을 꽉 껴안으며 장난스레 다시 말을 걸었다. 미라벨은 엄마의 품을 빠져나가려고 안간힘을 썼다.
"으어."
미라벨은 눈을 굴리며 신음을 내뱉었다.
"마음도 넓고…."
"그만!"
"안경도 멋지지!"
"엄마!"
홀리에타가 미라벨의 뺨에 입을 맞추며 말했다.
"아, 사랑한다, 예쁜 우리 딸."
"제가 뭘 봤는지는 제가 알아요."
미라벨이 다시 본론으로 돌아가자 홀리에타는 한숨을 내쉬었다.
"딸아, 내 동생 브루노는 이 가족 안에서 길을 잃었어. 엄마는 네가 그렇게 되길 원치 않아. 좀 자두렴. 아침이 되면 괜찮아질 거야."

미라벨은 방으로 돌아가 침대 위에 걸터앉았다. 어쩔 수 없는 일이긴 하지만, 안토니오가 없는 방은 쓸쓸하기 그지없었다. 안토니오에게는 열대 우림으로 뒤덮인 멋진 방이 생겼지만, 미라벨은 평생을 보낸 지루한 방에 그대로 남게 되었다. 미라벨은 금이 간 벽과 꺼져가는 촛불에 대한 생각을 멈출 수 없었다. 어쩔 수 없이 침대에서 벌떡 일어나 방문을 열고 촛불 가까이로 다가갔다. 균열은 어디에서도 찾아볼 수 없었다. 고요한 밤, 미라벨은 할머니의 방에서 흘러나오는 소리를 들었다. 할머니도 잠을 이루지 못하고 있는 걸까?

미라벨은 까치발을 하고 할머니 방 창가를 바라보았다. 할머니는 조용히 눈물을 흘리고 있었다! 미라벨은 깜짝 놀라 뒤로 물러섰다. 무엇이 마드리갈 가족에게 든든한 바위와도 같은 존재인 할머니를 눈물짓게 만든 걸까? 할머니는 허리춤에서 펜던트를 꺼냈다. 그 안에는 할머니의 결혼식 사진이 들어 있었다. 할머니는 슬픈 눈으로 남편 페드로를 바라보았다.

"안녕, 페드로… 어떻게 하면 좋을까요? 우리 가족이 얼마나 위험에 속수무책인지 알게 된다면… 우리 집이 이렇게 무너져버릴 수 있다는 걸 알게 된다면… 브루노는 집에 금이 가고 마법이 위태로워질 것을 알고 있었어요. 절 좀 도와주세요. 우리 집을 지킬 수 있게 도와줘요. 해답이 있다면 찾을 수 있게 도와줘요. 우리 가족을, 우리의 기적을 지킬 수 있게 도와주세요."

미라벨은 숨이 턱 막혔다. 금이 간 건 사실이었다! 기적이 죽어가고 있었다!

미라벨은 서둘러 안뜰로 갔다. 머리를 한 대 얻어맞은 듯 크게 충격을 받았지만, 미라벨은 자신이 해야 할 일이 무엇인지 잘 알고 있었다. 미라벨은 해답을 찾기로 결심했다. 까시타와 가족 그리고 할머니를 돕기로 마음 먹은 것이다.

"내가 기적을 지켜내겠어."

미라벨의 말에 까시타는 마치 어떻게 기적을 지킬 것인지 묻는 듯 창문 덮개를 들썩거렸다.

"그래, 나도 방법은 몰라. 하지만 우리 가족 중에 모든 걸 듣고 있는 사람이 한 명 있지…."

7장

다음 날 아침, 엔칸토에는 다시 태양이 떠올랐다. 마드리갈 가족이 식사를 하는 테라스에도 아침 햇살이 눈부시게 내리쬐고 있었다. 미라벨은 마음을 굳게 먹고 테라스로 나갔다. 집에는 문제가 생겼고, 미라벨은 그것을 해결해야 했다. 그러기 위해서는 정보가 더 필요했다.

주변을 둘러보던 미라벨은 접시에 음식을 담고 있는 돌로레스를 발견했다. 아주 작은 소리까지 들을 수 있는 엄청난 청력을 가진 돌로레스는 엔칸토의 비밀을 모두 알고 있는 사람이었다. 어젯밤, 뭔가 심상치 않은 일이 일어났다면 돌로레스가 모를 리 없었다.

"좋아, 돌로레스부터 시작하자."

미라벨은 음식을 담고 있는 돌로레스에게 뛰어갔다.

"언니! 그거 알지? 내가 사촌 언니 중에 언니를 제일 좋아하는 거. 언니한텐 뭐든지 털어놓고 싶어진다니까. 그러니까 언니도 나한텐 뭐든 다 얘기해도 돼. 이를테면 어젯밤 마법 문제 같은 거 말이야. 아무도 신경 안 쓰지만 언니는 뭔가 듣지 않았을까 해서."

"카밀로! 음식 두 번 먹으려고 돌로레스인 척하지 마."

펠릭스가 소리쳤다.

그러자 갑자기 미라벨 앞의 돌로레스가 카밀로로 변신했다. 까시타는 카밀로의 음식을 도로 빼앗으며 그의 손을 찰싹 때렸다.

"아깝다! 거의 성공할 뻔했는데!"

진짜 돌로레스가 다가와 미라벨의 귀에 속삭였다.

"마법에 대해 걱정하는 건 너밖에 없어. 벽 속에서 떠드는 쥐들하고."

잠깐 어색한 침묵이 흐르려던 찰나, 돌로레스가 얼른 덧붙였다.

"아, 그리고 루이사. 어제 밤새도록 눈 씰룩대는 소리를 들었어."

미라벨의 두 눈이 반짝 빛났다. 무슨 일이 생긴 게 분명했다! 루이사는 뭔가를 알고 있었다! 미라벨은 아침 식사를 위해 식탁을 옮기고 있는 루이사를 바라보았다. 루이사는 한 손으로 식탁을 옮길 만큼 힘이 장사였다.

"갖다 놨어요."

루이사가 만족스러운 얼굴로 말했다. 미라벨이 루이사에게 다가

가는 동안 할머니가 테라스로 나오며 말했다.

"다들 식탁으로 모여봐라. 어서 오렴, 어서."

미라벨이 페파를 밀어내고 루이사의 옆에 앉으며 말했다.

"루이사 언니."

"자, 안토니오가 받은 멋진 능력에 감사부터 하자꾸나."

할머니가 의자에 앉으며 말했다. 하지만 할머니의 의자에는 긴 코너구리가 앉아 있었다. 안토니오의 방에서 나온 동물 친구였다.

"제가 할머니 의자를 데워놓으라고 했어요."

안토니오가 미소 띤 얼굴로 말했다.

"고맙구나, 안토니오. 이제 네가 받은 기적을 유용하게 쓸 방법을 찾아보자."

할머니가 의자에 앉자 긴코너구리가 할머니의 주머니를 뒤적거렸다.

"우리의 기적을 당연하게 받아들여선 안 된다."

미라벨은 온통 루이사에게 정신이 팔려 있었다. 어젯밤 일어난 마법 문제에 대해 루이사와 이야기를 나눠야겠다고 단단히 마음을 먹었다.

"언니, 혹시 어젯밤 마법과 관련해서 뭐 좀 아는 거 없어?"

루이사는 비밀을 들킨 표정이었다. 그러자 미라벨은 테이블을 쾅 내려치며 크게 소리쳤다.

"있구나!"

"미라벨, 집중이 안 된다면 내가 도와주마."

할머니가 말했다.

"저… 저는… 그게 아니라…."

미라벨이 말을 더듬었다.

"까시타."

할머니가 외치자 까시타는 순식간에 미라벨을 할머니 옆자리로 옮겨놓았다. 할머니는 계속해서 가족들에게 말했다.

"방금 말한 대로, 우리는 기적을 당연히 여겨선 안 돼. 그래서 오늘, 두 배로 열심히 일하기로 했다."

가족들 사이에서 낮은 불평 소리가 터져 나왔다.

"전 루이사 언니를 도울게요."

미라벨이 루이사 쪽으로 돌아서며 말했다.

"잠깐 멈춰라. 먼저 발표할 것이 있다. 구즈만 가족과 의논했는데, 이사벨라와 마리아노의 약혼을 추진하기로 했다."

할머니의 말에 미라벨의 두 눈이 휘둥그레졌다.

"돌로레스, 날짜는 언제지?"

할머니가 묻자 돌로레스가 먼 곳의 소리에 귀를 쫑긋거리며 대답했다.

"오늘 밤, 아이는 다섯을 원한대요."

이사벨라는 긴장된다는 듯 초조하게 꽃을 피웠고 할머니는 크게 미소를 지으며 말했다.

"그렇게 훌륭한 청년과 우리 완벽한 이사벨라가 만나면 마법의 축복을 가진 새 후손이 태어날 것이고 우리 엔칸토는….”

카밀로가 마리아노로 변신해 쪽 하고 소리를 내며 뽀뽀하는 시늉을 하자 이사벨라는 꽃으로 그를 내리치며 제지했다.

"좋아, 이 마을은 우리 가족에게 의지하고 있어. 라 파밀리아 마드리갈!"

"라 파밀리아 마드리갈!"

가족들은 모두 함께 외친 뒤 식탁에서 일어났다. 미라벨은 곧장 루이사에게 향했다. 마침내 해답을 찾을 수 있을 것만 같았다.

"루이사 언니!"

미라벨이 루이사를 불렀다. 하지만 루이사는 이미 자리를 떠난 뒤였다.

8장

　미라벨이 간신히 루이사를 따라잡았을 때, 루이사는 교회를 통째로 들어 옮기고 있었다. 루이사가 교회를 내려놓자 신부님은 성호를 그으며 루이사에게 축복을 내려주었다. 여기저기에서 루이사에게 도움을 요청하는 소리가 들려왔다.
　"루이사, 강물 방향 좀 틀어줄 수 있어?"
　"알았어요!"
　"루이사, 당나귀가 또 밖으로 나왔어."
　"갑니다!"
　어깨 위로 당나귀를 둘러멘 루이사 앞으로 미라벨이 다가왔다.
　"언니, 잠깐만! 루이사 언니!"

하지만 루이사는 멈추지 않았다. 오히려 더 빨리 걸어갔다. 마치 미라벨을 피하려는 것처럼. 미라벨은 루이사가 무엇을 숨기고 있는지 꼭 알아내고야 말겠다고 결심했다. 미라벨이 재빨리 루이사를 따라가며 물었다.

"마법에 무슨 일이 생긴 거야, 언니?"

"마법엔 아무 일 없어. 나 지금 바쁘니까 넌 집에 가 있는 게 좋겠다."

루이사가 질문에 답을 피하며 말했다. 하지만 미라벨은 마을을 향해 걸어가는 루이사의 뒤를 졸졸 쫓아갔다.

"루이사. 우리 집이 좀 기울어서…."

쾅! 루이사는 어깨에 당나귀를 짊어진 채 집을 똑바로 세워놓았다.

"언니, 언니는 지금 거짓말을 하고 있어. 돌로레스가 말해줬어. 언니가 밤새 불안해했다고. 언닌 그런 적 없잖아! 그러니까 언니는 분명…."

미라벨이 루이사의 앞을 가로막고 확신에 찬 말투로 강하게 얘기했다.

"좀 비켜. 너 때문에 당나귀를 떨어뜨리겠어."

겁에 질린 당나귀들의 눈이 커졌다. 미라벨이 길을 비켜주자 루이사는 다시 가던 길을 재촉했다.

"언니! 그러지 말고 말 좀 해주면 안 돼?"

미라벨이 등 뒤에서 외쳤다.

"말해줄 거 없어."

"그러지 말고 얘기 좀 해줘. 언니는 분명히 뭔가를 걱정하고 있어. 어젯밤 일에 대한 거야? 말을 하지 않으면 상황은 점점 더 나빠진다고."

그러자 루이사가 갑자기 멈춰 서더니 잔뜩 성이 난 얼굴로 미라벨을 바라보며 소리쳤다.

"나… 뭔가를 느꼈어!"

당나귀들도 깜짝 놀랐다.

"뭘 느꼈는데? 마법에 관련된 거야?"

"아냐, 다시 생각해보니 아무것도 못 느꼈어. 금 간 곳도 없고, 난 괜찮아. 모든 게 괜찮다고. 난 긴장 안 해."

무슨 일이 벌어지고 있는 거지? 미라벨이 부드러운 목소리로 루이사를 불렀다.

"루이사 언니?"

"난 긴장 안 해."

루이사가 되뇌었다.

"알겠어…."

미라벨은 루이사에게 무슨 일이 일어나고 있는지 알 수 없었다. 루이사는 언제나 가장 강한 사람이었다. 하지만 이제 미라벨의 눈에는 아무렇지 않은 척하는 루이사가 당나귀를 비롯해 너무나도 많은 짐을 지고 있는 것처럼 보였다. 왜일까? 가족을 위해서일까?

루이사는 당나귀를 내려놓고 미라벨에게 사실을 털어놓았다. 루이사는 자신이 긴장하면 안 되는 사람이기 때문에 긴장하지 않는다고 말했다. 모두 루이사를 가장 강한 사람이라 생각하고, 두려움이나 힘든 기색 없이 모든 것을 들어 올릴 것이라고 생각하기 때문이다. 루이사는 처음으로 자신이 받는 스트레스와 중압감에 대해 털어놓았다. 할머니가 일을 두 배로 열심히 하라고 한다면 루이사는 할머니의 말을 그대로 따를 사람이었다. 루이사는 자신의 의지에 상관없이 기적을 받아야만 했다. 가족을 자랑스럽게 해야 했다! 교회를 옮기고 다이아몬드를 쪼개고 당나귀를 옮기는 일은 모두 루이사가 하루 동안 해내야 하는 일이었다. 아무리 힘들고 위험해도 루이사는 망설임 없이 기꺼이 맡은 일을 모두 해냈다. 하지만 점점 더 많은 일을 해야 한다는 중압감이 루이사를 짓누르고 있었다.

한번 입을 열기 시작하자 루이사의 입에서는 그동안 하고 싶었던 말들이 쏟아져 나왔다. 무거운 돌덩이가 산에서 굴러 내려오듯, 루이사가 느끼는 감정들이 모두 한꺼번에 터져 나왔다. 막을 수 없는 강력한 감정이었다! 미라벨은 자신의 언니 루이사가 온 세상의 짐, 아니 온 우주의 짐을 어깨에 짊어지고 있는 것처럼 느껴졌다. 루이사는 그 어떤 요청도 거절하지 않았다. 쉬지 않고 일했던 것이다. 루이사는 강하다. 하지만 그것이 곧 자신을 위한 시간도 없이 쉬지 않고 일만 해야 한다는 뜻은 아닐 터였다. 루이사의 이야기를 들은 미라벨은 지난 몇 년간 루이사가 홀로 감당해야 했던 중압감을 이해하게 되었다.

미라벨은 어떻게든 언니를 위로하고 싶은 마음에 온 힘을 다해 루이사를 끌어안았다.

"언니에겐 휴식이 필요해."

이번에는 루이사가 미라벨을 꽉 껴안았다. 미라벨은 숨이 막혔지만 안간힘을 쓰며 루이사에게 위로의 말을 건넸다.

"그럴 자격이 있어."

루이사는 미라벨을 꽉 안은 채 대답했다.

"루이사는 쉬지 않아."

"숨 막혀!"

미라벨이 컥컥대자 루이사는 힘을 조금 풀었다. 그리고 망설이던 이야기를 털어놓았다.

"마법에 무슨 일이 생겼는지 알고 싶어? 그렇다면 브루노의 탑에 가봐. 가서 삼촌의 마지막 환영을 찾아."

"환영? 무슨 환영?"

"아무도 몰라. 끝내 못 찾았어."

루이사가 미라벨을 내려놓으며 말했다.

둘은 아무 말 없이 서 있었다. 마침내 서로를 이해하게 된 것이다.

"루이사! 당나귀!"

누군가 외쳤다.

"네, 가요!"

루이사는 당나귀를 다시 어깨에 둘러멨다.

"언니에겐 진짜로 휴식이 필요해."

"동생아, 넌 참 착한 아이야. 쉬도록 해볼게!"

루이사가 미라벨의 어깨에 가볍게 펀치를 날리며 말했다.

"잠깐, 근데 환영을 어떻게 찾아? 환영을 찾는다는 게 도대체 무슨 의민데?"

"찾고 나면 알게 될 거야."

루이사가 언덕을 넘어가며 등 뒤에서 소리쳤다.

"어쨌든 조심해라 동생아. 그곳이 출입 금지인 데에는 다 이유가 있거든."

미라벨은 집으로 발길을 돌렸다. 몸이 부르르 떨려왔다. 이제, 미라벨은 운명을 피할 수 없다. 해답을 찾고 싶다면 가야 할 곳은 단 하나였다. 브루노의 탑!

9장

 미라벨은 서둘러 집으로 달려갔다. 안뜰을 지나 브루노의 탑으로 향하는데, 할머니와 이사벨라가 서로 이야기를 나누고 있었다. 미라벨은 가방을 꼭 움켜쥐고 살금살금 둘의 곁을 지났다.
 "그래, 맞아…."
 "정말 완벽한 신랑감이에요."
 "이렇게 훌륭한…."
 미라벨은 삼촌의 으스스한 방문을 힐끗 쳐다보았다. 미라벨이 과연 해낼 수 있을까? 방문을 연 미라벨은 먼지로 뒤덮인 어두컴컴한 방에 충격을 받고 잠시 그대로 멈춰 서 있었다. 천장에서 쏟아져 내리는 모래 때문에 눈앞엔 마치 커튼이 드리워진 듯 아무것도 보이지 않았다.

"까시타, 모래 좀 멈춰줄 수 있어?"

미라벨이 말했지만 아무 일도 일어나지 않았다. 마치 까시타가 그곳에는 없는 것처럼 느껴졌다. 문밖을 본 미라벨은 깜짝 놀랐다. 브루노의 문밖에서는 마룻바닥이 들썩였지만 문 안쪽에서는 아무런 움직임도 없었기 때문이다.

"여기선 도와줄 수 없구나…."

지금까지 늘 까시타와 함께였던 미라벨은 이제 완전히 혼자가 되었다. 까시타는 미라벨이 걱정된다는 듯 다시 한번 마룻바닥을 들썩였다. 미라벨은 씩씩한 표정을 지으며 손을 흔들어 걱정을 날려버렸다.

"난 괜찮을 거야."

쏟아지는 모래를 바라보며 미라벨이 말했다.

"난 꼭 해야만 해. 할머니와 너를 위해서. 음, 그리고 나도 좀 위해서."

미라벨은 조심스레 방 안으로 걸어 들어가며 떨리는 목소리로 말했다.

"환영을 찾아라! 기적을 구하… 으악!"

미라벨은 외마디 비명과 함께 모래 속으로 떨어졌다.

미라벨은 모래 더미 위에 떨어진 뒤 거대한 모래 언덕을 타고 쭉 미끄러져 내려갔다. 어느 순간 한곳에 멈춘 미라벨은 고개를 들어

하늘 높이 솟아오른 방을 둘러보았다. 거대한 모래 폭포가 벽을 타고 쏟아져 내리고 있었다. 그리고 '환영'이라는 글자와 함께 바위산 꼭대기를 가리키는 화살표가 눈에 들어왔다. 꼭대기에서는 선명한 녹색 빛이 뿜어져 나오고 있었다.

그곳이 바로 미라벨이 가야 할 곳이었다! 눈앞에는 계단이 끝도 없이 펼쳐져 있었다. 수백 칸이 넘는 계단을 보며 미라벨은 생각했다.

'좋아, 할 수 있어.'

그때 갑자기 안토니오의 큰부리새가 미라벨 곁으로 날아왔다.

"오, 안녕?"

미라벨이 인사하자 큰부리새도 꽥꽥하며 화답해주었다.

"계단이 진짜 많네. 그래도 친구 하나는 생겼으니까."

큰부리새는 미라벨을 쳐다보더니 금세 꼭대기로 날아갔다.

"아니네, 순식간에 날아가버렸네."

미라벨은 다시 혼자가 되었다.

"좋아, 해보자고."

계단을 오르면 오를수록 몸이 천근만근 무거워지는 것만 같았다. 미라벨은 이를 꽉 깨물고 계속해서 계단을 올랐다. 완전히 지친 미라벨은 급기야 노래를 흥얼거리며 계단을 오르기 시작했다.

"어서 와요, 우리는 마드리갈… 계단이 너무 많은 마드리갈… 마법을 쓸 수 없으니까 올라가기 정말 힘들어…. 대체 계단이 몇 개인 거야? 이거 만든 사람 누구야?!"

마침내, 미라벨은 계단 꼭대기에 도착했다. 하지만 더는 앞으로 갈 수가 없었다. 거대한 낭떠러지가 앞을 가로막고 있었기 때문이었다.

"으아… 그만해!"

미라벨은 기운이 쏙 빠졌다. 그때 큰부리새가 미라벨 옆으로 날아와 밧줄로 만든 난간 위에 내려앉았다.

"또 만났네. 네가 날 저리로 데려다줄 순 없겠지?"

미라벨이 묻자 큰부리새는 밧줄 위를 폴짝폴짝 뛰었다.

'그렇지! 바로 그거야!'

미라벨에게 좋은 수가 떠올랐다! 미라벨은 재빨리 밧줄을 풀어 커다란 바위 위로 한쪽 끝을 던졌다.

"좋아. 할 수 있어."

미라벨은 밧줄을 단단히 고정한 뒤 다른 한쪽 끝을 잡고 낭떠러지를 가로질러 건너편으로 넘어가는 데 성공했다. 미라벨은 자신의 성공에 깜짝 놀라 크게 환호했다. 바로 그때 발밑의 커다란 바위가 쩍하고 갈라졌다. 미라벨은 시커먼 어둠 속으로 바위가 떨어지는 찰나에 가까스로 몸을 피할 수 있었다.

'큰일 날 뻔했네.'

미라벨과 큰부리새는 같은 생각을 하는 듯 서로를 바라봤다. 이곳에서는 발밑을 조심해야 했다.

미라벨은 살금살금 앞으로 나아갔다. 마치 오래된 신전 안으로 들어가는 것 같았다. 큰부리새도 초초한 듯 미라벨을 따라 들어갔다. 주위를 둘러싼 모든 것이 무덤처럼 느껴졌다. 미라벨은 무엇을 해야 할지 알아내기 위해 필사적으로 주변을 둘러보았다. 하지만 자신이 찾는 것이 무엇인지조차도 알 수가 없었다.

미라벨은 그림이 새겨진 세 개의 벽판을 발견했다. 연기와 모래가 포함된 일종의 마법을 보여주는 것 같았다. 찬찬히 벽판을 살피던 미라벨의 발밑에서 갑자기 냄비가 움직였다. 미라벨이 비명을 지르자 미라벨만큼이나 놀란 쥐들이 황급히 도망쳤다. 쥐들은 브루노의 동상 뒤쪽으로 잽싸게 몸을 숨겼다. 동상의 눈에는 구멍이 뻥 뚫려 있었다. 미라벨은 소름 끼치는 동상의 모습에 몸서리를 칠 수밖에 없었다.

어디선가 삐걱거리는 소리가 들려왔다. 미라벨은 다른 방으로 고개를 돌렸다. 큰부리새는 브루노의 탑 안쪽 공간을 바라보더니 겁을 먹고 날아가버렸다.

"겁쟁이!"

미라벨은 큰부리새를 놀려주고는 어두운 방 안으로 들어갔다. 방에는 아무것도 없었다. 한가운데에 모래만 둥그렇게 깔려 있을 뿐, 그야말로 막다른 곳이었다. 주위를 둘러보아도 아무것도 보이지 않았다.

"텅 비었어…."

미라벨이 모래 안으로 발을 들여놓으며 혼잣말을 했다. 원 안에 들어서자 갑자기 매서운 바람이 동굴을 휩쓸었다. 그 바람에 문이 쾅 닫히며 미라벨은 완전한 어둠에 잠기게 되었다. 몹시 당황스러웠지만 미라벨의 눈에 반짝이는 초록빛이 보였다. 불빛은 바로 미라벨의 발밑에서 새어 나오고 있었다!

미라벨은 초록빛을 찾아 정신없이 모래를 파헤치기 시작했다. 그리고 희미하게 빛나는 초록색 조각을 하나 찾았다. 마치 깨진 에메랄드 같은 조각들이 미라벨 주위에 어지러이 흩어져 있었다. 그것은 틀림없는 브루노의 환영이었다! 환영의 조각을 찾으면 그것이 뭔지 알게 될 거라는 루이사의 말은 사실이었다.

미라벨이 조각을 찾자 집 전체가 흔들렸다. 현관을 쓸던 할머니가 진동을 느끼고 촛불을 쳐다보았다. 촛불은 잠시 사그라들었다.

브루노의 방에 있던 미라벨은 흔들림을 눈치채지 못했다. 손에 쥔 초록빛 조각에 온통 정신이 팔려 있었기 때문이다. 미라벨은 조각 하나를 집어 들고 찬찬히 살펴보았다. 그리고 그것을 오른쪽으로 돌리자 나타난 것은… 걱정스러운 표정을 짓고 있는 미라벨, 자신의 모습이었다.

"나?"

미라벨은 소스라치게 놀랐다. 바로 그때 땅에서 우르릉하는 소리가 나더니 동굴 전체가 흔들리며 무너지기 시작했다. 남은 파편들 위로는 모래가 쏟아지고 있었다. 미라벨은 있는 힘을 다해 남은 조각들을 찾아서 재빨리 가방 속에 넣었다. 바위와 모래가 금방이라도 입구를 막으려는 찰나, 미라벨은 자신이 놓친 마지막 조각 하나를 발견했다. 미라벨은 지체없이 모래 더미 위로 뛰어들어 조각을 손에 넣었지만 꽉 닫힌 문은 열리지 않았다. 필사적으로 문을 두드리고 온몸을 던져봐도 문은 꿈쩍도 하지 않았다.

그때 머릿속에 문고리가 떠올랐다! 미라벨은 문고리를 위아래로 세차게 흔들었다. 쉬이익! 문이 열리며 미라벨은 엄청난 모래 더미와 함께 방 밖으로 떠밀려 나왔다. 무사히 밖으로 탈출한 미라벨은 자신의 모습이 들어 있는 그 조각을 살펴보았다. 브루노의 마지막 환영은 미라벨에 관한 것이었을까?

10장

 브루노의 방에서 뛰쳐나와 급하게 코너를 돌던 미라벨은 할머니와 쿵 부딪혔다. 그 바람에 가방이 열리면서 미라벨이 가져온 환영 조각들이 바닥으로 우르르 떨어지고 말았다.
 "어디서 그렇게 급하게 뛰어나오는 거니?"
 할머니가 물었다.
 "어… 죄송해요. 저는, 음….'
 미라벨이 초조하게 말을 더듬었다. 할머니의 의심을 사지 않기 위해 최대한 빨리 조각들을 주워 담으려고 했지만 역부족이었다. 할머니는 언제나 미라벨을 의심의 눈초리로 바라보았으니까. 할머니는 바닥에 흩어진 조각들을 바라보았다. 바로 그때 어디선가 커다란 울음소리가 들려왔다.

"내 능력! 능력이 사라지고 있어요!"

루이사가 계단을 올라오며 울부짖었다.

"뭐야?"

할머니는 깜짝 놀란 목소리로 물었다.

"마을 일을 도와야 하는데 제가 좀 쉬었어요. 네 잘못 아니야, 동생아. 그러면 안 되는 줄 알면서도 그만 잠이 들어버렸어요. 그러는 사이에 당나귀들은 옥수수를 먹어치우고 있었고요. 그래서 당나귀를 몽땅 들어 올리려는데, 애들이… 무거운 거예요!"

루이사는 소리 내어 울며 방으로 뛰어갔고 루이사의 말에 크게 당황한 미라벨은 그 자리에 얼어붙고 말았다.

"쟤한테 뭐라고 한 거니?"

할머니가 미라벨 쪽으로 휙 돌아서며 물었다.

"어… 전 그냥….''

미라벨은 마땅한 대답을 찾지 못해 말을 더듬었다. 때마침 마을에서 종소리가 울려 퍼졌고, 할 일이 생각난 할머니는 황급히 자리를 떴다. 미라벨은 안도의 한숨을 내쉬었다.

"구즈만 씨 가족이 기다리고 있다. 이 얘기는 아무에게도 하지 마라. 루이사한텐 아무 문제 없어. 가족들을 혼란에 빠뜨려선 안 된다. 오늘은 우리에게 아주 중요한 날이야."

미라벨은 방문 뒤에서 루이사가 흐느끼는 소리를 들을 수 있었다. 마법이 약해지는 듯 방문도 희미하게 깜빡이고 있었다.

미라벨에게도 지금 벌어지고 있는 일들이 혼란스럽기는 마찬가지였다. 방으로 돌아간 미라벨은 조각을 꺼내 그것이 무엇을 의미하는지 곰곰이 생각해보았다.

"제가 왜 삼촌의 환영 속에 있죠?"

미라벨이 크게 외쳤다. 그때 갑자기 방 안에 천둥 번개가 휘몰아쳤다. 깜짝 놀란 미라벨이 고개를 들자 문 앞에는 페파가 서 있었다.

"이모! 놀랬잖아요!"

"미안. 그럴 생각은 없었어…. 휘이, 휘이, 휘이…."

페파 이모가 손으로 먹구름을 쫓아내며 말했다.

"안토니오가 쓰던 물건을 챙기러 왔다가 '우리가 부르지 않는 그 이름'을 들었거든."

또다시 천둥소리가 들려왔다.

"그렇지, 나 또 천둥 친다. 그러면 빗방울이 떨어질 거고 결국 가랑비가 마구 흩뿌리겠지. 후유…."

페파는 잠시 말을 멈추고 숨을 깊게 들이마셨다.

"맑은 하늘, 맑은 하늘."

페파가 마음을 가라앉히며 안토니오의 옷가지를 챙기자 미라벨은 다시 조각을 바라보았다. 미라벨은 브루노 삼촌과 남매인 페파 이모가 그 환영에 대해 모를 리 없다고 생각했다.

"페파 이모, 만일 브루… 아니, 그분의 환영에 누군가의 얼굴이 있다면 그건 뭘 뜻하는 걸까요?"

"브루노 얘긴 입에 담지 마."

"알아요, 전 그냥 가정해본 거예요. 만약에 이모의 얼굴이 있다면…."

"미라벨, 그만해. 구즈만 가족 올 때 다 됐잖아. 준비해야지."

"알았어요. 근데 그냥 궁금해서요. 그게 대체적으로 좋은 건지, 아니면 그저 그런 건지…. 그것도 아니면…."

그때 펠릭스가 불쑥 나타나 말했다. 늘 그렇듯 밝고 명랑한 목소리였다.

"그건 정말 악몽이었어!"

"펠릭스!"

페파가 굳은 얼굴로 소리쳤다.

"얘도 알 건 알아야지, 페파. 얘도 알아야 돼."

"브루노 얘긴 금지예요."

"브루노는 끔찍한 미래를 보곤 했어. 그러면 '우지직, 펑!' 하고 그 일이 일어나지."

"브루노 얘긴 금지라니까요."

페파 이모가 반복해 말했지만 미라벨은 신경 쓰지 않았다. 오히려 펠릭스로부터 약간의 해답을 얻은 것 같아 기뻤다. 드디어 브루노에 대해 입을 여는 사람이 생겼으니까.

"만약에 우리가 삼촌의 환영을 잘못 이해한 거면요?"

"그렇다면 빨리 알아내야지. 왜냐면 그건 곧 너에게 닥칠 일이

니까!"

미라벨이 묻자 펠릭스가 답했다.

페파는 펠릭스가 더는 브루노에 대해 떠들지 않게 하려고 그에게 바짝 다가갔다. 그러자 펠릭스는 페파에게 진실을 털어놓으라는 눈빛을 보냈다. 이제 브루노에 대해 입을 열 때가 된 것이었다. 망설이던 페파는 자신의 결혼식 날 무슨 일이 있었는지 털어놓기 시작했다. 그날 브루노가 나타나기 전까지 하늘에는 구름 한 점 없었다. 하지만 브루노가 나타나 곧 비가 올 거라고 예언했고, 그의 예언대로 페파와 펠릭스는 결국 폭풍우 속에서 결혼식을 올려야 했다. 이 이야기를 듣는 미라벨의 얼굴에도 거센 바람과 폭풍우가 몰아쳤다.

페파와 펠릭스가 그들의 결혼식이 얼마나 끔찍했는지 계속해서 이야기하는데, 문 앞에 다른 가족들이 나타났다. 돌로레스는 미라벨 곁으로 다가와 자신의 경험을 털어놓았다. 돌로레스에게 있어 브루노는 언제나 두려움의 대상이었다. 엄청난 청력을 가진 덕분에 온종일 브루노가 말을 더듬으며 중얼거리는 소리를 들어야 했기 때문이다. 돌로레스는 모래 떨어지는 소리만 들어도 브루노가 떠오른다고 했다. 미라벨은 브루노의 탑에 있던 엄청난 양의 모래가 떠올랐다. 돌로레스는 그곳의 모래 소리까지도 들을 수 있는 걸까?

카밀로에게 있어 브루노는 무시무시한 괴물 같은 존재였다. 늘 검은 옷을 입고 마을을 배회하면서 사람들의 꿈을 갉아먹는 것처럼 보였기 때문이다. 미라벨은 왜 사람들이 브루노에 대해 이야기 하지 않는지 이해되기 시작했다. 모두의 이야기가 끔찍했다. 단 한 사람만 빼고.

이사벨라.

물론 이사벨라에게는 브루노의 예언마저도 자랑거리였다. 브루노는 이사벨라에게 그녀가 언젠간 꿈꾸던 삶을 살게 될 거라고 예언했다. 아, 이사벨라는 도대체 어디까지 완벽해지려는 걸까?

돌로레스는 브루노가 자신에게 남긴 예언을 한 가지 더 털어놓았다. 그건 자신이 사랑하는 남자가 다른 여자와 결혼하게 될 거라는 예언이었다. 정말 끔찍한 일이었다! 가족들이 더는 브루노에 대해 아무런 말도 하지 않는 것이 당연하게 느껴졌다.

브루노에 관한 악몽 같은 이야기를 전부 듣고 나니 미라벨은 페파의 경고대로 다시는 브루노 얘기를 하지 않는 것이 더 나은 일인지 고민하게 되었다. 어쨌든 브루노는 가족 곁을 떠났으니까.

마드리갈 가족에게는 오늘 밤에 신경 써야 할 일이 또 있다. 구즈만 가족이 오고 있기 때문이다. 오늘 밤, 마리아노 구즈만은 이사벨라에게 청혼을 할 것이다!

마드리갈 가족이 구즈만 가족을 맞이할 준비를 하기 위해 황급히 자리를 떠나자, 미라벨은 루이사에게 향했다. 하지만 루이사는 피클 병 하나도 제대로 열지 못하고 있었다.

미라벨은 깜짝 놀라 뒷걸음질했다. 방문의 불빛마저 희미하게 깜빡이고 있었다. 루이사의 말이 사실일까? 마법이 정말 사라지고 있는 것일까? 구즈만 가족 말고도 걱정해야 할 일이 더 있는지도 모르겠다.

더는 낭비할 시간이 없었다. 미라벨은 재빨리 방으로 뛰어들어가 환영에 대해 연구하기 시작했다. 환영 조각들은 금이 간 집 앞에 서 있는 미라벨의 모습을 보여주고 있었다.

"미라벨! 파티 준비됐니? 아빠는 다 됐거든."

아빠가 방으로 불쑥 얼굴을 내밀자 미라벨은 그만 생각의 끈을 놓치고 말았다.

아빠의 눈은 환영 조각들로 향했다. 아빠는 깜짝 놀란 얼굴로 미라벨을 쳐다보았다. 까시타가 환영 조각들을 미라벨의 등 뒤로 숨겨보려 했지만, 때는 이미 늦은 뒤였다. 미라벨은 둘러댈 만한 변명거리를 떠올려보았지만 아무런 생각도 나지 않았다. 결국 모든 것을 털어놓을 수밖에 없었다.

"제가 브루노의 탑에 가서 마지막 환영을 찾았어요. 가문의 위기예요. 마법이 죽어가고 있어요. 집이 무너질 거예요. 루이사도 힘을 잃은 것 같아요. 그리고 이 모든 게… 저 때문인 것 같아요."

아빠는 할 말을 잃고 그 자리에 서 있었다.

"아빠?"

아빠는 마치 머릿속으로 어떤 계획을 짜고 있는 듯했다. 그러더니 주머니 속으로 얼른 조각들을 쓸어 담으며 횡설수설하기 시작했다.

"우리 아무 말도 하지 말자. 아부엘라는 오늘이 완벽하길 원해. 구즈만 가족이 갈 때까지 말이야. 넌 거기 안 간 거야. 마법엔 아무 일이 없고 집도 무너지지 않을 거야. 루이사도 힘을 잃고 있지 않아. 아무도 모를 거야. 평소처럼만 행동해. 아무도 몰라야만 해."

갑자기 문밖에서 시끄러운 소리가 들렸다. 돌로레스였다! 돌로레스는 깜짝 놀라 커다래진 눈으로 반대편 발코니에서 두 부녀를 쳐다보고 있었다. 돌로레스는 모든 것을 다 들었다. 모든 게 들통나고 말았다!

11장

 가족들이 식당으로 모였다. 식탁 위에는 가장 좋은 은식기와 맛있는 음식이 차려져 있었다. 아부엘라 옆에는 멋진 청년 마리아노 구즈만과 예의 바르기로 정평이 난 그의 할머니가 자리했다. 아부엘라는 구즈만 가족에게 깊은 인상을 남기기 위해 마법의 양초를 가까이에 꺼내두었다. 그리고 마리아노와 이사벨라의 결혼이 가족과 마을에 두루 좋은 일이 될 것이라고 믿었다.
 미라벨은 이사벨라와 아빠 사이에 앉았다. 미라벨은 이 식사 자리가 아주 중요한 자리라는 것과 돌로레스가 환영에 대해 알고 있다는 것, 그 두 가지 사실에 바짝 신경을 써야 했다. 그래서 최대한 평상시처럼 행동하려고 노력했다. 하지만 돌로레스가 과연 비밀을 지킬 수 있을지는 장담할 수 없었다. 미라벨은 돌로레스의 맞은편에 앉아 한시도 눈을 떼지 않고 그녀를 지켜보았다.

돌로레스는 겨우 접시를 들어 올리는 루이사를 한 번 보고, 다시 미라벨을 쳐다봤다. 미라벨은 돌로레스에게 '말하기만 해봐!' 하는 눈빛을 보냈다. 하지만 돌로레스에게 비밀의 무게는 버겁기만 했다. 미라벨은 돌로레스에게 단호한 눈빛을 보냈다. '오늘 밤은 절대 안 돼!'라는 뜻이었다. 돌로레스는 당장이라도 비밀을 발설할 것 같은 얼굴로 미라벨을 바라보았다.

"마드리갈 가족과 함께 식사를 하게 되어 영광입니다."

마리아노의 할머니가 말했다.

"저희도 명망 높은 구즈만 가문을 직접 만나 뵙게 되어 영광입니다."

아부엘라가 잔을 들자 모두 할머니를 따라 잔을 들었다.

"자, 그럼 완벽한 밤을 위해!"

"완벽한 밤을 위해, 건배!"

모두 함께 외쳤다.

두 할머니가 서로 이야기를 나누는 동안 미라벨은 돌로레스에게 조용히 경고의 눈빛을 보냈다.

'아무 말도 하지 마!'

"감자 줄까?"

마리아노가 미라벨에게 접시를 건네며 물었다. 그릇이 잠깐 미라벨의 시야를 가린 사이 돌로레스는 카밀로에게 귓속말로 비밀을 털어놓았다. 이야기를 들은 카밀로는 음식을 잘못 삼켜 콜록거리기 시작했다. 얼굴이 갑자기 마리아노의 할머니로 변하더니, 기침 끝에 목에 걸린 음식을 겨우 식탁 위로 뱉어 냈다.
"카밀로, 얼굴 똑바로 해."
펠릭스의 말에 카밀로는 얼굴을 다시 원래대로 돌려놓았다. 그는 루이사와 미라벨을 번갈아 쳐다보았다. 미라벨은 카밀로에게도 돌로레스에게 보냈던 것과 똑같은 눈빛을 보냈다.
"물 줄까?"
이사벨라가 물병을 건네며 말했다. 물병이 미라벨의 시야를 가리자 카밀로는 펠릭스에게 얼른 비밀을 털어놓았다. 펠릭스의 두 눈이 휘둥그레졌다. 그러더니 그도 음식을 잘못 삼켜 기침을 하기 시작했다. 음식물이 마리아노의 할머니 접시에까지 튀었다.
모두 그대로 얼어붙었다. 이게 다 어떻게 된 일이란 말인가? 아부엘라는 몹시 당황했지만 아무렇지 않은 척하려고 애를 썼다.
"까시타! 아무래도 새 접시가 필요한 것 같구나."
당황스럽기는 까시타도 마찬가지였다. 까시타는 접시 한 장도 제대로 가져오지 못했다. 오히려 허둥거리느라 쌓여 있던 접시를 무너뜨리는 바람에 접시가 와장창 깨졌고, 안토니오의 동물 친구들은 잔뜩 겁을 집어먹었다.
마리아노의 할머니는 혼이 쏙 빠졌지만 마드리갈 가족들의 이상한 행동을 애써 모르는 척하며 이야기를 꺼냈다.

"안토니오가 능력을 받게 되어 엔칸토 전체가 얼마나 안도했는지 모른답니다. 마법이 그 어느 때보다 강력하다는 걸 알게 되었으니 기쁘기 그지없네요."

루이사는 눈물을 참으려고 애를 쓰고 있었다.

"네… 그렇죠. 그렇고말고요."

아부엘라가 미소를 지으며 말했다.

"미라벨, 소금 좀 주겠니?"

미라벨도 할머니께 미소로 화답하며 옆에 앉은 아빠에게 소금을 부탁했다. 하지만 소금을 건네는 아빠의 손이 걷잡을 수 없이 떨렸다. 미라벨은 재빨리 소금을 가로채 할머니에게 건넸다.

"고맙다, 미라벨."

"별말씀을요. 저는 늘 가족을 돕고 싶은걸요."

미라벨이 활짝 웃으며 말했다.

갑자기 집 안에 천둥이 쳤다. 페파였다! 이번에는 펠릭스가 페파에게 귓속말을 한 것이었다. 식탁 위에는 작은 허리케인이 만들어지고 있었다.

"아, 정말 신기하군요."

마리아노의 할머니가 작은 허리케인을 보며 말했다.

"페파, 구름 꼈잖니."

당황한 아부엘라가 말했다.

훌리에타는 페파가 걱정되어 가까이 다가갔다. 그러자 이번에는 페파가 훌리에타에게 귓속말을 했다.

"뭐라고?"

훌리에타가 깜짝 놀라 빨개진 얼굴로 물었다. 그러고는 걱정스러운 눈으로 미라벨을 바라보았다. 미라벨은 엄마의 눈을 피해 바닥으로 시선을 돌렸다. 그러자 작은 실금이 눈에 들어왔다. 미라벨은 바닥을 더 자세히 살펴보기 위해 식탁 밑으로 깊숙이 몸을 숙였다. 균열은 집 안 곳곳으로 퍼지고 있었다!

"미라벨."

마리아노가 불렀다. 황급히 고개를 들던 미라벨이 식탁에 그만 머리를 쾅 찧고 말았다.

"금이 더 있는 거야? 아니면 그 금은 내가 무대에 나가 춤출 때만 보이는 건가?"

마리아노는 안토니오가 능력을 받던 날 밤을 떠올리며 가볍게 웃었다. 물론 그의 말은 농담이었다. 실제로 자신의 발밑에 금이 가고 있을 줄은 상상조차 못 했을 것이다! 두 할머니는 품위 있게 웃었다. 하지만 미라벨은 아부엘라가 식은땀을 흘리고 있다는 것을 알 수 있었다.

"하! 그것 참 재미있는 농담이네요."

미라벨은 사방으로 퍼지는 균열을 흘끗 쳐다보며 대답했다. 안토니오의 동물 친구들도 이내 균열을 발견하고 불안한 듯 날개를 퍼덕이며 소란을 피우기 시작했다.

"아, 그리고 질문하니까 생각난 건데요… 혹시 이사벨라에게 질문, 아니 청혼해야 하지 않아요? 오늘 밤? 예를 들면 바로 지금? 지금 당장?"

이사벨라는 찡그린 얼굴로 미라벨을 쳐다보았다. 갑작스러운 청혼 이야기에 당황한 마리아노의 할머니가 말했다.

"사실, 이 가족은 모두 재능이 뛰어나니 우리 마리아노는 노래로 시작하려고 했어요. 루이사, 피아노 좀 가져다줄 수 있니?"

식탁 끝에 앉아 흐느끼던 루이사가 고개를 들고 말했다.

"알았어요."

루이사는 울먹이며 식탁에서 일어나 피아노를 향해 느릿느릿 걸어갔다. 자신이 피아노를 들 수 없다는 것을 알고 있었기 때문이다.

균열은 걷잡을 수 없이 번지고 있었다. 로맨틱한 노래나 부르고 있을 때가 아니었다. 가족들이 위험했다. 어서 청혼을 마무리하고 구즈만 가족을 돌려보내야만 했다. 미라벨은 자리를 박차고 일어났다.

"사실 노래는 나중에 부르는 게 우리 집 전통이에요."

미라벨이 마리아노를 이사벨라 앞으로 떠밀었다. 미라벨의 재촉에 마리아노도 입을 열 수밖에 없었다.

"어… 이사벨라, 모든 마드리갈 가족 중에서 가장 우아하면서…."

마리아노가 말을 더듬었다.

균열이 계속 퍼져나가자 미라벨은 사람들의 시선을 돌리기 위해 자꾸만 이상한 행동을 했다. 균열을 가리려고 청혼하는 마리아노

옆으로 바짝 다가가기도 했다. 그러던 미라벨은 페파가 눈을 가늘게 뜨고 벽을 주시하는 것을 보았다. 페파도 균열을 본 것일까? 사람들 위로 천둥이 내리쳤다.

천둥소리에 겁을 먹은 동물들이 황급히 어거스틴의 의자 밑으로 숨었다. 그중 긴코너구리 몇 마리가 어거스틴의 주머니에서 빛나는 조각들을 발견하고는 끄집어내 바닥에서 맞추기 시작했다.

"가장 완벽한 꽃을… 엔칸토 전체에서…."

날씨가 급변하고 루이사가 힘겹게 피아노를 끌고 오는 소리가 들렸지만 마리아노는 청혼을 계속했다.

"나와… 결혼해주시겠…."

마리아노의 할머니는 모든 것이 혼란스럽기만 했다. 그때 미라벨이 옆으로 한 발짝 움직이자 급기야는 마리아노의 할머니까지 집 전체로 퍼지고 있는 균열을 발견하고 말았다.

"아니, 이게 도대체 무슨 일이에요?"

마리아노의 할머니가 깜짝 놀라 소리쳤다.

아부엘라는 크게 당황했다. 구즈만 가족과의 만남이 결국 끔찍한 실패로 돌아갔기 때문이다! 아부엘라는 더 이상 진실을 숨길 수 없다고 생각했다. 하지만 아부엘라가 입을 열기도 전에 돌로레스가 불쑥 끼어들어 말했다.

"미라벨이 브루노의 환영을 찾았어요. 환영 안에 미라벨이 있었는데, 미라벨이 마법을 망칠 거고, 이제 우린 망했어요!"

때마침 영리한 긴코너구리가 모두가 볼 수 있도록 환영 조각을 식탁 위로 올려놓았다. 이제 환영 조각을 찾았다는 사실을 누구도 부인할 수 없게 되었다. 완벽하게 맞춰진 환영 조각에는 금이 간 까시타와 미라벨의 모습이 새겨져 있었다.

균열은 마치 미라벨이 서 있는 곳에서 시작된 것처럼 보였다. 균열이 물결치듯 집 안 곳곳으로 퍼지자 결국 모두의 능력에 문제가 생겼다! 힘을 통제하지 못한 까시타는 의자와 피아노를 쓰러뜨렸다. 사람들의 머리 위로는 폭풍이 몰아쳐 식탁 위에 장대비를 뿌려 댔다. 충격에 빠진 이사벨라는 갑자기 꽃을 피웠고, 그 꽃은 마리아노의 얼굴을 가격하고 말았다.

"으악, 내 코! 이사벨라가 내 코를 부러뜨렸어!"

설상가상으로 촛대에도 금이 갔다. 마법의 양초가 녹아내리고 있었다! 가족 모두 원망의 눈초리로 미라벨을 바라봤다. 환영 속에서는 마치 미라벨이 모든 것을 망치는 것처럼 보였기 때문이다. 미라벨의 엄마조차 미라벨에게 잘못이 있다고 생각하는 것 같았다.

"할머니… 저는….''

미라벨이 말을 더듬었다.

"가자, 마리아노! 더는 이 꼴을 보고 싶지 않네요. 이만 가보겠습니다!"

마리아노의 할머니가 자리를 박차고 일어나 식당을 빠져나가며 말했다. 아부엘라는 그들을 따라가며 말했다.

"기다려주세요! 부탁이에요!"

"할머니, 잠깐만요!"

아부엘라는 미라벨에게 단호한 목소리로 말했다.

"가만히 있거라! 한마디도 하지 말고 네 방으로 들어가!"

"제 잘못이 아니라고요!"

이사벨라도 씩씩거리며 미라벨 옆을 지나갔다.

"난 네가 싫어!"

화가 난 이사벨라는 미라벨을 향해 고함을 친 뒤 방으로 뛰어갔다.

아무 말 없이 미라벨 옆을 지나가던 루이사가 큰 소리로 울며 말했다.

"아아, 난 실패자야."

훌리에타는 이사벨라를 쫓아가며 말했다.

"무슨 짓을 한 거니? 이사벨라, 기다려!"

집에는 더 많은 균열이 생겼다.

"난 아무 짓도 안 했어요. 제 잘못이 아니에요. 그건 브루노의 환영이라고요!"

"브루노는 여기 없어!"

할머니가 화난 목소리로 말했다.

그때 미라벨의 눈에 초록빛이 움직이는 것이 보였다. 그것은 환영 조각들이었다. 조각들이 어떻게 움직인 걸까?

"알아요… 저도, 삼촌이 여기 없는 거… 안다고요."

미라벨은 움직이는 초록빛 조각들에 시선을 둔 채 말했다. 가만히 살펴보니 쥐들이 조각들을 나르고 있었다!

쥐들은 식당에 있던 환영 조각들을 2층으로 옮기고 있었다.

"우리는 아무 문제 없습니다!"

할머니가 구즈만 가족에게 외쳤다.

"우리 마법은 강합니다! 우린 마드리갈 가족입니다!"

할머니는 쾅 하고 문을 닫았다.

"미라벨!"

할머니는 뒤돌아서서 큰소리로 미라벨을 불렀지만, 미라벨은 이미 자리를 떠난 뒤였다.

12장

엔칸토 전체에 천둥 번개가 휘몰아쳤다.

미라벨은 쥐들을 따라갔다. 쥐들을 따라가면 해답을 찾을 수 있을 것만 같았다! 쥐들을 따라 집 위쪽 통로를 정신없이 달렸다. 거의 다 따라잡았다고 생각했지만, 모퉁이를 돌자 쥐들은 감쪽같이 사라져버렸다. 아무리 둘러봐도 흔적조차 보이지 않았다. 하지만 바로 그때 바스락하는 소리와 함께 쥐꼬리 하나가 커다란 액자 밑으로 사라지는 것이 보였다. 미라벨은 조심스레 앞으로 다가가 액자를 살펴보았다. 그리고 천천히 액자를 잡아당겼다. 그러자 액자가 문처럼 열리며 벽 뒤에 숨겨진 비밀 통로가 모습을 드러냈.

미라벨은 어두컴컴한 통로 안으로 발을 들여놓았다. 벽에는 온

통 금이 가 오싹한 기분이 들었다. 균열은 벽 위에서 마치 파도처럼 굽이치고 있었다.

환영 조각을 든 쥐가 허둥대며 미라벨의 발을 지나 어둠 속으로 사라졌다. 초록빛은 텅 빈 공간으로 들어가 멀어지는 듯하더니 누군가가 들어 올리기라도 하는 듯 위로 붕 떠올랐다. 미라벨은 눈을 가늘게 뜨고 녹색 빛에 집중했다.

쾅! 통로에 번개가 내리치더니 누군가 모습을 드러냈다. 브루노였다! 그는 쥐를 들어 올려 조각을 앗아갔다.

미라벨과 브루노는 잠시 서로를 쳐다봤다. 하지만 또다시 쾅 하는 소리와 함께 브루노는 사라져버렸다! 그의 그림자가 쏜살같이 복도 위를 지나가고 있었다. 미라벨은 브루노를 그냥 보낼 수 없었다. 환영에 대한 진실을 밝힐 유일한 기회였기 때문이다. 미라벨은 그를 쫓아 달렸다.

"멈춰요!"

미라벨이 구불구불한 통로를 따라 달리며 외쳤다.

한편, 통로 반대편 페파의 방에서는 카밀로가 엄마를 진정시키려 애를 쓰고 있었다. 페파는 마법이 죽어가고 있다는 말에 크게 충격을 받은 상태였다.

"괜찮아요, 엄마. 숨 크게 들이마시고, 크게 내쉬고…."

미라벨이 벽 반대편에서 달려와 세게 부딪치는 통에 깜짝 놀란 페파는 그만 카밀로에게 번개를 날려버리고 말았다.

미라벨은 벽에 부딪친 뒤 숨을 고르며 브루노에게 다가갔다.

"멈춰요! 멈추라고요!"

미라벨이 외쳤지만 브루노는 복도에 뚫린 커다란 구멍을 폴짝 뛰어넘어 달아나기 시작했다. 미라벨은 그곳을 뛰어넘을 자신이 없었다. 구멍이 너무 크고 깊어 보였기 때문이다. 그러는 동안 브루노는 이미 저만치 멀어지고 있었다.

망설이던 미라벨은 결국 용기를 내 구멍을 건너뛰었다. 성공이었다! 하지만 낡은 나무 바닥은 충격을 견디지 못하고 바스러지고 말았다. 미라벨은 손끝으로 겨우 나무판자의 가장자리를 잡고 매달렸다. 하지만 손에 힘이 빠져 얼마 버티지 못할 것만 같았다. 미라벨의 눈에 구멍은 끝도 없이 깊어 보였다.

"안 돼! 도와주세요! 까시타! 까시타, 날 좀 도와줘!"

미라벨이 울부짖었다. 더는 버티기 힘들었다. 미라벨이 아래로 떨어지려는 찰나, 미라벨의 손을 움켜잡는 누군가가 있었다. 브루노였다! 브루노가 미라벨의 손을 잡아준 것이다.

미라벨은 드디어 악명 높은 브루노 삼촌과 얼굴을 마주하게 되었다. 언뜻 보기에 삼촌은 어둡고 불길한 인상을 풍겼지만, 밝은 빛 아래서 보니 미라벨이 상상했던 모습이나 사람들에게서 들은 모습과는 전혀 달랐다. 장대같이 키만 크고 깡마른 몸매였지만 삼촌은 마드리갈 가족이 분명해 보였다. 다른 가족들과 무척 닮았기 때문이다. 브루노는 확실한 마드리갈 가족이었다!

"땀을 많이 흘렸네."

브루노가 미라벨에게 말했다. 미라벨은 예상치 못한 삼촌의 부드러운 목소리에 깜짝 놀랐지만, 뭐라고 대답할 새도 없이 바닥이 와르르 무너져 내리고 말았다.

"안 돼!"

브루노는 바닥으로 곤두박질쳤다. 하지만 구멍의 깊이가 기껏해야 몇 뼘밖에 되지 않았다. 브루노는 자신이 우뚝 서 있는 것이 믿기지 않는다는 듯 주위를 둘러보았다. 그리고 나서 한참 동안 미라벨을 쳐다보더니 작별 인사를 하고 뒤돌아 걸어가 버렸다.

"잘 가."

13장

"네? 아니, 잠깐만요!"

미라벨은 서둘러 브루노를 쫓아갔다. 주변은 각종 파이프와 오래된 가구들로 빼곡했다. 미라벨은 브루노의 행동이 어딘가 이상하다는 것을 눈치챘다. 각종 미신이라는 미신은 전부 믿는 눈치였기 때문이다. 금을 밟지 않으려고 폴짝폴짝 뛰어다니는가 하면 등 뒤로 소금을 뿌리기도 했다. 나쁜 기운을 물리치기 위해 특정 행동을 반복하기도 했다.

하지만 미라벨에게는 오랫동안 보지 못한 삼촌에게 꼭 물어야 할 중요한 것들이 있었다.

"잠깐만요, 제가 왜 삼촌의 환영 속에 있는 거죠? 그게 대체 무슨 뜻이에요?"

계속해서 움직이는 브루노에게 미라벨이 물었다.

"이것 때문에 돌아온 거예요?"

브루노는 자리에 멈춰 서서 벽을 두드리며 말했다.

"하나, 둘, 셋, 넷, 다섯, 여섯."

브루노가 숨을 참았다.

미라벨은 신기한 듯 삼촌을 바라보았다.

"브루노 삼촌?"

브루노는 파이프 몇 개를 지나간 다음 다시 숨을 내쉬었다.

"하나, 둘, 셋, 넷, 다섯, 여섯. 넌 그걸 보면 안 되는 거였어. 어느 누구도… 소금 뿌려야겠다."

브루노가 어깨너머로 소금을 뿌리자 미라벨에게도 소금이 튀었다.

"그렇지만…."

미라벨이 소금을 뱉어내며 말했다. 미라벨은 계속해서 브루노를 따라갔다. 꼭 해답을 얻고 싶었기 때문이다. 벽에는 수많은 균열과 그걸 메운 흔적들이 보였다. 엄청난 광경에 미라벨의 두 눈이 커졌다.

"잠깐만요. 여기에 살았던 거예요? 금 간 거 메우면서?"

브루노는 발걸음을 멈추고 오래도록 벽을 바라보았다.

"아, 저거? 아니, 난 무서워서 가까이 못 가. 때우는 건 전부 에르난도가 한 거야."

"에르난도가… 누군데요?"

브루노가 옷에 달린 모자를 뒤집어쓰더니 낮은 목소리로 말했다.

"난 에르난도야. 무서운 게 없지."

말을 마친 브루노가 다시 모자를 벗고 원래 목소리로 말했다.

"사실은 나야."

그러더니 이번에는 양동이를 머리에 뒤집어쓰고 말했다.

"난 호르헤. 회반죽을 만들지."

미라벨은 삼촌이 제정신이 아닌 것 같다고 생각했다. 그래서 부드러운 목소리로 물었다.

"여기 돌아온 지 얼마나 된 거예요?"

브루노는 미라벨을 빤히 쳐다봤다. 그리고 나서 어깨 위의 쥐를 바라봤다. 마치 어떻게 대답해야 할지 쥐와 의논이라도 하는 듯했다. 벽 뒤에 숨겨진 이 공간에는 각종 잡동사니들이 빼곡했다. 자질구레한 살림살이는 물론 집안 대대로 내려오는 가보도 있었다. 주위를 둘러보던 미라벨은 번뜩 깨달았다.

"떠난 적이 없군요."

"사실, 내 탑을 떠나기는 했어. 거긴 계단이 너무 많거든. 근데 여긴 부엌이랑 붙어 있잖아. 게다가 공짜 볼거리도 있어."

브루노가 판지로 만든 간이 쥐 극장을 보여주었다. 쥐들이 음식을 얻어먹으려고 판지에 난 구멍으로 얼굴을 쏙 내밀자 작은 연극 무대가 펼쳐졌다.

"뭐 볼래? 스포츠 좋아해? 게임 쇼? 아니면 멜로 드라마? 쟤들은 이루어질 수 없는 사랑이야."

브루노는 쉴 새 없이 재잘거렸다.

"이해가 안 돼요."

미라벨의 말에 브루노가 쥐 극장을 가리키며 이야기했다.

"아, 무슨 내용이냐면, 이쪽이 고몬데 기억상실증에 걸려서 자기가 고모인 것도 기억을 못 해. 그러니까 말하자면 금지된 사랑 같은…."

미라벨은 브루노가 자신과의 대화에 집중하도록 판자 극장을 멀리 치워버렸다.

"제가 이해가 안 되는 건 떠났다던 삼촌이 왜 여기에 남았나 하는 거예요."

브루노는 아래를 내려다보더니 불편한 듯 몸을 돌렸다.

"어, 뭐, 그거야… 엔칸토 주위에 산들이 엄청나게 높잖아…. 그리고 또 이렇게 공짜 음식도 있고… 또… 음…."

미라벨은 벽을 통과해 안으로 들어오는 한 줄기 빛을 보았다. 빛을 따라가보니 벽 너머로 마드리갈 가족의 식당이 보였다. 벽 반대편에는 브루노의 1인용 식탁과 의자가 쓸쓸하게 놓여 있었다. 미라벨은 가슴이 아팠다. 여전히 마드리갈 가족의 일원으로 살고 싶은 브루노의 마음이 느껴져 슬펐던 것이다. 브루노는 단 한 번도 가족을 떠나고 싶었던 적이 없었다. 무언가가 그를 밀어냈던 것이다.

당황한 브루노는 고개를 돌리며 말했다.

"내 능력이 가족들에게 도움은 안 됐지만, 그래도 난 가족을 사랑해. 난 그저 어떻게 해야 되는지… 방법을 모르겠더라고."

미라벨은 브루노와 자신이 여러모로 닮은 점이 많다고 생각했다. 미라벨도 가족을 사랑했지만 종종 스스로가 외톨이 같고 쓸모없는 존재처럼 느껴지곤 했다. 브루노가 애써 슬픈 기운을 떨쳐내며 말했다.

"어쨌든 넌 그만 가보는 게 좋겠어. 왜냐하면… 음 사실, 딱히 마땅한 이유가 떠오르진 않지만, 그냥 내가 좀 불편해."

미라벨은 브루노의 얼굴을 가까이에서 보려고 더욱 바짝 다가갔다. 그리고 깨달았다. 브루노는 가족들에게 해를 끼칠 마음이 전혀 없었다는 사실을. 가족들은 브루노의 진심을 알지 못했던 거였다. 미라벨이 다시 브루노에게 물었다.

"제가 왜 삼촌의 환영 속에 있죠? 브루노 삼촌?"

브루노는 미라벨이 자신의 마음을 이해하지 못할 거라고 생각했다. 하지만 미라벨은 삼촌의 마음을 정확하게 이해하고 있었다. 삼촌과 달리 미라벨은 능력을 받지 못했고, 어찌 된 일인지 가족을 돕기는커녕 해만 끼치고 있었으니까. 아마도 그 환영에 해답이 있을지도 모른다. 미라벨이 나지막한 목소리로 말했다.

"전 그저 가족의 자랑이 되고 싶었어요. 한 번만이라도요. 그런데 제가 멈춰야 하는 거라면, 제가 가족들을 다치게 하고 있는 거라면 말해주세요."

브루노는 미라벨을 바라보았다. 미라벨에게 마음속 깊이 숨겨둔 비밀을 이야기해도 될지 확신이 들지 않았다.

"말해줄 수 없어. 왜냐하면 나도 모르거든."

미라벨이 한숨을 푹 내쉬었고 브루노는 주머니에서 환영 조각들을 꺼내 다시 맞추기 시작했다.

"내가 이 환영을 본 건 네가 능력을 못 받은 그날 밤이었어. 아부엘라는 마법을 걱정했어. 그래서 나한테 미래를 봐달라고 했지. 우리가 앞으로 어떻게 될 것인가를."

브루노가 그날 밤을 떠올리며 말했다. 그러자 초록 불빛 속에서 그날의 기억이 되살아났다.

"난 집이 무너지고 마법이 위험에 빠지는 걸 봤어. 그다음 너를 봤지. 그런데 그 환영은 달랐어. 바뀌기도 하거든. 한 가지 답만 있는 것도 아니고. 확실한 운명이란 없는 거야. 너의 미래가 아직 정해지지 않은 것처럼. 하지만 난 그게 어떻게 보일지 알았지. 왜냐하면 난 브루노고 누구나 최악의 경우를 상상하니까. 그래서…."

미라벨은 이제 환영을 깨뜨린 사람이 브루노였다는 것을 깨달았다. 브루노는 사람들이 그 환영을 보지 않길 바랐다. 미라벨에게 곱지 않은 시선을 보낼 것이 분명했으니까. 브루노는 미라벨을 보호하려 했던 것이었다.

"어떻게 흘러갈지는 나도 몰라. 하지만 내 짐작이 맞다면… 지금 벌어지고 있는 일들, 균열, 마법, 우리 가족 전체의 운명… 이 모든 것들이 너한테 달렸어."

"저요?"

미라벨은 의아해했다. 하지만 환영의 의미가 꼭 미라벨이 집과 마법을 해칠 것임을 뜻하는 게 아닐지도 모른단 생각이 들었다. 그것을 구한다는 의미일지도 모르는 일이었다.

"그래, 하지만 네가 환영 조각들을 파헤쳐서 가족들한테 보여줬으니 네가 모든 걸 엉망으로 만들어버렸는지도 모르지."

브루노가 어깨를 으쓱하며 말했다. 미라벨은 자신의 희망이 산산조각 나는 것 같은 느낌이 들었다.

브루노가 커피 잔에 들어간 쥐를 끄집어내고 커피를 마시며 말했다.

"그게 아닐 수도 있고! 그냥 미스터리야, 미스터리. 그러니까 내 환영이 파바박 사라지는 거겠지."

브루노는 미라벨의 어깨에 팔을 두르고 미라벨을 문 앞으로 데려갔다.

"있잖아, 더 도울 게 있다면 돕겠지만 내가 아는 건 이게 다야. 나머진 다 너한테 달렸어."

브루노는 미라벨을 다시 벽 사이의 빈 공간으로 내보낸 뒤 문을 닫았다.

미라벨은 할 말을 잃고 멍하니 서 있었다. 브루노는 분명 그 환영이 무슨 뜻인지 정확히 모르겠다고 했다. 환영이 계속 바뀌기도 한다고도 했다. 결정된 것은 아무것도 없고 확실한 운명도 없다고. 미라벨은 생각하고 또 생각했다. 그때 벽 너머에서 괴로워하는 가족들의 목소리가 들려왔다.

"완벽해야 했어요! 난 정말 개가 싫어요!"

이사벨라가 소리쳤다.

"루이사 좀 보세요, 엉망이에요! 능력이 완전히 사라져버렸다고요!"

홀리에타가 탄식했다.

"엔칸토도 더는 안전하다고 할 수는 없는 거 아니에요?"

펠릭스가 물었다.

"미라벨 때문에 저도 능력을 잃게 될까요?"

카밀로가 징징거렸다.

"미라벨이 그 환영 안에 있는 데는 다 이유가 있어. 그게 무슨 뜻이겠니?"

아부엘라가 큰 소리로 고함을 쳤다.

미라벨은 아직 포기하고 싶지 않았다. 가족들은 정말 미라벨이 마법을 파괴하려 한다고 생각하는 걸까? 가족들은 미라벨이 모든 일의 원인이라는 생각에 사로잡혀 큰 그림을 보지 못하고 있었다! 미라벨에게 한 가지 생각이 떠올랐다. 기적을 구하고 가족들에게 자신의 가치를 증명할 방법이 아직 남아 있었다. 미라벨은 마음을 단단히 먹고 문 뒤로 잠시 물러섰다. 이번에는 브루노가 자신을 밀어내지 못하도록 하겠다고 결심했다!

14장

"환영을 한 번 더 보셔야겠어요!"

미라벨이 다시 브루노의 방으로 들어가 소리쳤다.

"뭐라고? 안 돼, 안 돼, 난 환영 같은 거 더는 안 봐."

갑작스러운 미라벨의 등장에 깜짝 놀란 브루노가 말을 더듬었다.

"그냥 '이 세상의 운명이 전부 너에게 달렸다. 끝!' 하고 말하면 다예요? 운명이 정말 저에게 달린 거라면 환영을 한 번 더 보세요! 길을 알려줄지도 모르잖아요."

"싫어, 더는 안 본다니까."

브루노가 머리를 흔들며 말했다.

"보면 좀 어때서요?!"

"보고 싶어도 못 봐. 물론 보기도 싫지만. 네가 내 환영 동굴을 무너뜨렸잖아. 그게 이유야. 환영을 보려면 탁 트인 공간이 필요하다고."

"제발요! 가문의 두 괴짜가 서로 만났다? 이건 운명이라고요!"

미라벨은 포기하지 않고 브루노를 설득했다.

"탁 트인 공간이 없잖아."

그때 안토니오의 큰부리새가 둘 사이로 날아왔다. 뒤를 돌아보니 테이퍼, 카피바라, 재규어와 함께 안토니오가 서 있었다.

"제 방 쓰세요. 쥐들이 전부 다 얘기해줬어요."

안토니오가 말했다. 그리고 재규어에게도 한마디 했다.

"먹으면 안 돼."

브루노의 쥐들을 노려보던 재규어가 뒤로 물러섰다.

미라벨은 간절한 눈빛으로 브루노를 바라봤다.

"브루노 삼촌, 우리 가족은 도움이 필요해요. 그리고 삼촌은 여기서 나가야 되고요."

"나보고 혼자 나가라는 말은 아니겠지?"

한편 아무도 눈치채지 못했지만, 안뜰 위 선반에 놓인 촛불이 평소와 달리 불안한 듯 깜박이고 있었다. 집 앞에서 놀던 아이들은 바닥에 생긴 균열을 보고 잔뜩 겁에 질렸고, 집이 흔들리자 소리를 지르며 달아났다.

가족회의를 소집한 할머니 아부엘라는 가장 먼저 어거스틴을 질책했다.

"그 환영을 보자마자 나한테 제일 먼저 얘기했어야지!"
"저한테는 제 딸이 우선입니다. 미라벨 생각은 안 하세요?"
어거스틴도 목소리를 높였다.
"페파, 진정해라!"
집 안에 진눈깨비가 날리자 아부엘라가 페파에게 소리쳤다.
"이게 진정한 거예요. 전 최선을 다하고 있다고요!"
페파가 받아쳤고 훌리에타도 한마디 거들었다.
"엄마는 우리 미라벨한테만 너무 엄격하세요."
바로 그때 무언가 갈라지는 소리가 들렸다. 거실 벽을 가로질러 새로운 균열이 생기기 시작한 것이었다. 페드로의 초상화가 바닥에 떨어지자 아부엘라가 말했다.
"주위를 봐. 우린 우리 가족과 엔칸토를 지켜야 해. 집을 잃을 수는 없어."
그때 펠릭스가 문 앞에 나타나 말했다.
"어머니, 마을 사람들이 불안해하고 있어요. 모두 뵙고 싶어 해요."
할머니는 마을을 바라보며 말했다.
"다녀와서 내가 미라벨과 얘기해보마. 그 애를 찾아."
집이 또다시 흔들리기 시작했다.

15장

 미라벨과 브루노는 안토니오의 방에 도착했다. 방은 마치 열대 우림 같았다. 브루노는 원을 그리며 환영을 보기 위한 준비를 서둘렀다. 동물들도 브루노를 지켜보고 있었다. 그때 방에서 진동이 느껴졌다. 집이 위태롭다는 신호였다.
 "서두르는 게 좋겠어요."
 미라벨의 말에 브루노가 대답했다.
 "미래를 재촉할 순 없어."
 원을 다 그린 브루노는 걱정스러운 눈으로 미라벨을 바라봤다.
 "내가 더 안 좋은 걸 보여주면 어떡하지? 내가 불길한 걸 보면 그 일이 일어난다고."

"전 삼촌 때문에 나쁜 일이 벌어진다고는 생각 안 해요. 사람들은 자기가 편한 방식으로 세상을 보곤 하죠."

브루노는 생각에 잠긴 얼굴로 미라벨을 바라보았다.

"삼촌은 할 수 있어요."

안토니오는 미라벨이 만들어준 재규어 인형을 브루노에게 건넸다. 다정한 안토니오는 인형이 자신에게 용기를 주었던 것처럼 삼촌도 인형을 보고 용기를 얻길 바랐다. 브루노는 인형을 손에 꼭 쥐었다.

"걱정 마세요."

안토니오가 말했다.

브루노는 손에 쥔 인형을 한 번 쳐다본 뒤 길게 숨을 내쉬고 품 안에서 성냥을 꺼냈다.

"나는 할 수 있다. 나는 할 수 있다. 하나, 둘, 셋, 넷, 다섯, 여섯."

브루노는 성냥을 그어 젖은 나뭇잎 더미에 불을 붙였다. 연기가 아주 빠른 속도로 브루노와 미라벨을 휘감았다. 브루노는 눈을 감고 다시 숫자를 세기 시작했다.

"하나, 둘, 셋, 넷, 다섯, 여섯… 하나, 둘, 셋, 넷, 다섯, 여섯."

마법의 힘이 방 안을 가득 채웠다. 브루노는 몰랐지만 그의 문이 다시 빛나기 시작했다. 브루노가 가족을 떠난 뒤로 불이 들어오지 않았으니 실로 몇 년 만의 일이었다.

안토니오의 방은 빛으로 가득했다! 거센 바람에 나뭇잎이 흩날

렸고 폭포는 안개처럼 부서져 소용돌이쳤다. 미라벨은 브루노의 눈이 밝고 선명한 진녹색으로 빛나는 것을 볼 수 있었다.

"내 손을 꽉 붙잡고 있어."

브루노가 말했다. 거센 바람과 함께 마법의 힘이 강하게 부풀어 오르자 미라벨은 브루노의 손을 꽉 잡았다. 쉬익! 하는 소리와 함께 미라벨은 환영 속으로 빨려 들어갔다. 환영 속에서 미라벨은 가족들이 균열을 피해 달아나는 모습을 보았다. 그리고 어떤 형상이 만들어지는 것을 보았다.

"못 하겠어. 전에 본 거랑 똑같은 거야. 멈춰야겠어!"

브루노가 고통스러운 듯 외쳤다.

"안 돼요! 어떻게 되는지 봐야겠어요. 우리가 못 본 게 있을 거예요. 분명히 해답이 있을 거라고요!"

안토니오의 방 전체가 흔들리기 시작했다. 마법이 위태로웠다.

"브루노 삼촌, 우리에겐 삼촌이 필요해요."

미라벨이 부드럽게 브루노의 손을 잡았다. 그를 믿는다는 뜻이었다. 미라벨의 격려는 효과가 있었다. 브루노의 환영이 더 밝고 선명해졌다. 미라벨의 눈앞에서 어떤 형상이 만들어지기 시작했다. 자세히 살펴보니 그것은 작은 빛을 향해 날아가는 나비였다.

"저쪽이에요! 바로 저기요!"

미라벨이 흥분한 목소리로 외쳤다.

"나비야. 저 나비를 따라가. 앞에 누군가가 있어…."

브루노가 말했다.

"저게 누구죠?"

미라벨이 가까이 다가가보았지만 형상은 아직 정확하지 않았다.

"저 애를 껴안아. 그럼 길이 보일 거야…."

"누구요?"

"저 애를 껴안아, 그럼 길이 보일 거야. 저 애를 껴안아, 그럼 길이 보일 거야."

브루노는 마치 주문을 외우듯 같은 말을 반복했다.

미라벨은 더 가까이 다가갔다. 자신이 껴안아야 할 사람이 누구인지 꼭 알아내야만 했다.

"누구…."

"저 애를 껴안아, 그럼 길이 보일 거야. 저 애를 껴안아, 그럼 길이 보일 거야."

브루노가 또다시 반복했다.

"누구를 껴안아요?"

미라벨이 앞으로 다가가며 물었다. 그러자 형상이 선명해졌고, 드디어 모습이 드러났다. 그것은 바로….

"이사벨라!"

미라벨은 말도 안 되는 상황에 헛웃음이 터져 나왔다. 번쩍이는 빛과 함께 환영은 사라졌고, 브루노는 몸을 부르르 떨며 현실로 돌아왔다.

"네 언니구나. 잘됐네!"

브루노는 이해하지 못했다. 잘된 일이 아니라는 걸 전혀 모르고 있었다. 청혼을 망쳐놓은 것 말고도 이사벨라가 미라벨을 싫어하는 이유는 셀 수도 없이 많았다.

미라벨은 브루노를 붙잡고 이사벨라의 방으로 향했다. 이사벨라가 자신에게 단단히 화가 났다는 것을 알지만, 미라벨에게는 지체할 시간이 없었다. 엔칸토에는 미라벨이 필요했다.

16장

"그게 무슨 뜻이죠? 포옹을 하라고요? 껴안는다고 뭐가 달라지겠어요? 어차피 언니는 절대로 절 껴안지 않을 거예요."

미라벨은 이사벨라의 문 앞에 놓인 화분 뒤에서 투덜거렸다.

"언니는 절 싫어해요. 제가 언니 청혼도 망쳐놨다고요. 게다가…."

"미라벨."

브루노가 커다란 화분 뒤에 숨어 침착하게 미라벨을 불렀다.

"이건 그냥 짜증 나는 상황이에요. 당연히 이사벨라겠죠. 누구겠어요."

"미라벨."

"완벽한 이사벨라 공주님께서 당연히 모든 해답을 가지고 있겠죠."

"미라벨!"

브루노는 미라벨의 주의를 끌기 위해 조금 더 큰 목소리를 말했다.

"미안. 넌… 넌 지금 핵심을 놓치고 있어. 가족들의 운명은 개가 아니라 바로 너한테 달렸어. 이 가족에게 필요한 건 바로 너라고. 그걸 알아야 해."

브루노는 미라벨에게 미소를 지어주었다.

"너 혼자 해…. 내가 가고 나면."

"네? 같이 안 가고요?"

브루노는 화분에 몸을 숨긴 채 비밀 통로의 입구인 액자를 향해 뒤뚱뒤뚱 걸어갔다. 미라벨은 브루노가 떠난다는 걸 믿을 수가 없었다.

"그건 네 환영이야, 미라벨. 내 게 아니라고."

"할머니가 무서워서 그러는 거죠?"

미라벨이 딱 잘라 물었다.

"응, 그것도 맞아. 나중에 기적을 구해내거든 한번 놀러 와."

"제가 기적을 구해내면 삼촌이 집에 와요."

미라벨이 미소를 지으며 말했다.

브루노는 살짝 미소를 지은 뒤 바닥에 있던 쥐를 들어 올리고 숫자를 셌다.

"하나, 둘, 셋, 넷, 다섯, 여섯."

브루노는 숨을 크게 들이마시고 액자 뒤, 비밀 통로 안으로 사라졌다.

갑자기 슬픔이 몰려왔다. 촛불은 곧 꺼질 것만 같았고 집은 위태롭기만 했다. 시간이 없었다. 미라벨은 문을 열어 화려한 꽃으로 가득 찬 이사벨라의 방으로 들어갔다. 이사벨라의 방에는 선명한 색의 꽃과 녹색 덩굴이 무성했다. 하지만 이사벨라는 보이지 않았다.

"언니야, 안녕?"

미라벨은 자신이 낼 수 있는 가장 달콤한 목소리로 이사벨라를 불렀다.

"그동안 우리 사이가 좀 안 좋았지. 근데 나… 이제부터 착한 동생이 되어보려고. 그러니까 우리… 한번 껴안고 화해하자."

"껴안고 화해를 해?"

어디선가 날카로운 이사벨라의 목소리가 들려왔다. 미라벨은 얼굴을 찌푸렸다. 생각보다 일이 더 복잡해질 것 같았다.

"루이사는 빵 조각 하나 못 들어 올리고 마리아노의 코는 으깬 파파야 모양이 되어버렸는데, 너 지금 제정신이야?"

미라벨은 이사벨라를 찾아 방 안을 두리번거렸다. 이사벨라는 평소보다 더 크고 화려한 꽃들로 둘러싸인 침대에 누워 있었다.

"이사 언니, 화가 좀 많이 난 것 같은데… 혹시 화를 가라앉히는 비법이 뭔지 알아? 바로 따뜻한 포옹이야."

"나가!"

꽃 덩굴이 미라벨을 방 밖으로 밀어내기 시작했다.

"이사….”

덩굴에서 꽃 한 송이가 튀어나와 미라벨의 입을 틀어막자 이사벨라는 기회를 놓치지 않고 자신의 심정을 토로하기 시작했다.

"모든 것이 완벽했어. 할머니도 기뻐하고 가족들도 행복했다고. 정말 더 착한 동생이 되고 싶어? 그럼 내 인생을 망친 것에 대해 사과부터 해.”

미라벨은 덩굴에 감긴 채 땅바닥만 쳐다보았다. 자신의 잘못이 아닌데 어떻게 사과를 해야 할지 막막했기 때문이다. 사과는 오히려 이사벨라가 해야 한다고 생각했다. 하지만 집이 또다시 흔들리자 미라벨은 사과를 하기로 마음을 고쳐먹었다.

"내가… 잘못했어… 이렇게 잘난 언니를 둬서!”

"나가!”

이사벨라는 화가 단단히 났다. 이사벨라가 손을 흔들자 덩굴이 뻗어 나와 미라벨을 밖으로 끌어내려 했지만 미라벨은 방 안에 놓인 각종 물건에 매달리며 간신히 버텼다.

"잠깐만! 알았어, 언니. 내가 사과하면 되잖아.”

덩굴은 계속해서 미라벨을 끌어내려 했다.

"난 언니의 인생을 망치려던 게 아니야. 더 중요한 문제가 있다고. 이 바보 같고 이기적이고 혼자만 잘난 공주야!”

"이기적이라고? 난 완벽함이라는 틀 속에 평생을 갇혀 살았어. 그런데 말 그대로 네가 나한테 해준 게 뭐가 있어? 일을 망쳐버리기만 했잖아!"

"난 아무것도 망치지 않았어! 가서 그 덩치 큰 멍청이랑 결혼하면 되잖아!"

"난 그 사람이랑 결혼하고 싶지 않았어! 우리 가족을 위해서 하려던 거였단 말이야!"

이사벨라가 소리치자 둘 사이에서 가시 돋친 선인장이 땅을 뚫고 올라왔다. 미라벨은 한 번도 본 적 없는 특이한 모양의 선인장이었다. 지금까지 이사벨라의 손끝에서 탄생한 식물들과는 비슷한 점이 단 하나도 없었다! 선인장의 모습은 이사벨라의 방을 장식한 예쁜 꽃들과는 달라도 한참 달랐다.

선인장을 본 이사벨라가 움찔하며 크게 놀라자 미라벨은 선인장을 살펴보았다. 당황스럽고 걱정되기는 미라벨도 마찬가지였다.

"이사 언니…?"

미라벨이 부드러운 목소리로 이사벨라를 불렀다. 이사벨라의 방문은 밝아졌다 희미해졌다를 반복하며 격렬하게 깜빡였다. 이 또한 미라벨의 잘못이었을까? 미라벨이 이사벨라의 마법을 망쳐놓은 걸까?

"이게 뭐지?"

미라벨이 불안한 목소리로 물었다.

이사벨라는 선인장 앞으로 다가갔다. 더 이상 두렵지 않았다. 오히려 선인장의 낯선 비대칭에 마음이 끌렸다. 이사벨라는 선인장을 들어 올려 자세히 살펴보았다. 그건 이사벨라가 지금까지 한 번도 만든 적 없는 식물이었다. 꽃이나 연둣빛 덩굴과는 달리 선인장은 뾰족하고 날카로웠다.

이사벨라는 조금 놀랐을 뿐 전혀 화가 나지 않았다. 미라벨은 뒤로 물러서서 무언가 새로운 것을 만들어낸 기쁨에 도취된 이사벨라의 모습을 지켜보았다. 이사벨라는 행복해 보였다. 어떻게 된 일일까?

이사벨라가 미끄러지듯 방 안을 달리며 각종 야생 식물을 피워냈다.

꼭 예쁜 식물만 피워야 하는 것이 아니라는 것을 깨달았던 것이다. 이사벨라는 지금껏 자신의 진짜 모습을 감춘 채 살아왔지만, '완벽하지 않은' 것들을 마음껏 피워내며 진정한 자유를 느꼈다.

미라벨은 언니를 따라 방 안을 돌며 이 새로운 식물들이 비밀을 푸는 열쇠가 아닐까 하고 생각했다. 환영에서처럼 언니를 껴안고 마법을 구할 수 있을지도 몰랐다!

하지만 이사벨라는 새로운 식물을 피우느라 여념이 없었다.

중간에서 자꾸만 새로운 식물이 피어나 둘 사이를 가로막았지만 미라벨은 최선을 다해 이사벨라를 따라다녔다.

이사벨라가 피워낸 크고 화려한 식물이 방 안을 가득 채우자 미라벨은 이리저리 떠밀리기 시작했다. 갑자기 덩굴이 미라벨을 향해 뻗치자, 이사벨라가 미라벨을 안전한 덩굴 침대 위로 올려주기도 했다.

이사벨라는 마음껏 식물을 피워냈고 미라벨은 그런 이사벨라를 가만히 지켜보았다. 이사벨라는 이 경이로움을 마음껏 즐기는 것 같았다. 지금까지 단 한 번도 본 적 없는 모습이었다. 미라벨은 활기 넘치는 언니의 모습과 마법에 새삼 경탄하며 미소를 지었다.

나뭇잎 침대가 공중으로 높이 솟아올랐다. 밀랍야자가 이사벨라의 방 천장을 뚫고 솟아올라 미라벨과 이사벨라를 까시타 지붕 위로 올려 보내주었다. 둘은 지붕을 가로지르며 힘껏 달렸다. 안뜰에서는 촛불이 더 밝게 타오르고 있었다! 이사벨라가 무엇을 하든 불꽃은 더 강력하게 타올랐다. 이사벨라는 가시 돋친 나무, 긴 덩굴, 삐죽한 잎사귀, 끈적끈적한 꽃 등 지금까지 어느 누구도 본 적 없는 다양한 식물을 피워냈다. 미라벨도 그런 이사벨라를 뜨겁게 응원해 주었다.

덩굴식물과 나뭇잎이 지붕을 가로지르며 뻗쳐나가자 두 자매는 서로를 잡고 각종 식물과 꽃 속으로 뛰어들었다. 그런 다음 꽃잎과 식물이 무성하게 피어난 안뜰로 내려왔다. 둘은 웃음을 멈출 수가 없었다. 미라벨을 흘끗 바라보는 이사벨라의 마음속에는 감사와 행복이 넘쳤다. 하지만 이사벨라가 미라벨을 껴안으려는 순간, 아부엘라가 안뜰로 들어왔다.

"대체 뭣들 하는 거야?"

아부엘라가 호통을 쳤다.

17장

 미라벨과 이사벨라는 아부엘라를 향해 얼굴을 돌렸다. 아부엘라는 뒤따라온 페파와 함께 그들을 쳐다보고 있었다. 이사벨라의 야생 식물이 안뜰을 가득 채우고 있었다. 시끌벅적한 소리에 위층에 있던 훌리에타와 어거스틴도 안뜰로 뛰어 내려왔다. 완벽했던 이사벨라의 드레스는 온갖 종류의 색깔로 얼룩져 있었다. 정말 아름다웠다! 하지만 아부엘라의 차가운 시선에 이사벨라는 기쁨 대신 무안함을 느껴야 했다. 미라벨은 이사벨라에게 응원의 미소를 지어주었다.
 "할머니는 이해 못 하실 거예요. 하지만 저희가 촛불을 더 환하게 만들었어요."

미라벨이 상황을 설명하려 했다.

"무슨 말도 안 되는 소리를 하는 거니?"

아부엘라가 소리쳤다.

"네 언니 꼴을 봐! 이 집안 꼴을 보라고! 눈을 떠라, 미라벨!"

"할머니, 제 말 좀 들어보세요…. 이사벨라 언니는 행복하지 않았어요."

"당연히 행복하지 않지. 네가 혼사를 망쳐놓았으니!"

"제가 언니를 행복하게 할 방법을 찾았어요. 촛불이 그 어느 때보다도 밝게 타올랐다고요. 그래서 제가 환영에 있었나 봐요. 제가 가족들을 도와야 하나 봐요!"

"미라벨."

아부엘라는 말도 안 된다는 듯 고개를 저었다.

"제가 마법을 구해야 해요. 할머니, 제 얘기 좀 들어보세요…."

"아무것도 하지 말아라, 미라벨! 균열은 너 때문에 시작된 거야."

아부엘라가 무섭게 경고했다.

미라벨은 물러서지 않았다. 할머니도, 다른 가족들도 진짜 중요한 게 뭔지 모르고 있는 것만 같았다. 왜 그럴까? 가족들에게 도대체 무슨 일이 일어나고 있는 걸까?

"아니에요."

미라벨이 말했다. 갑자기 모두의 발밑에서 진동이 느껴졌다. 엔칸토가 무너지고 있었다.

"브루노가 떠난 건 너 때문이야! 루이사가 힘을 잃은 것도, 이사벨라의 혼사가 수포로 돌아간 것도 모두 너 때문이야. 네가 왜 능력을 못 받았는지는 모르겠지만, 그렇다고 해서 그게 이 가족을 무너뜨려도 된다는 뜻은 아니야! 이 집은 바로 너 때문에 죽어가고 있어!"

아부엘라가 계속해서 미라벨을 꾸짖자 균열은 더 많이 생겨났다.

말문이 막힌 미라벨은 이사벨라와 루이사를 바라본 뒤 다시 할머니를 바라보았다. 할머니의 말은 미라벨에게 무엇보다 큰 상처가 되었다. 미라벨은 능력을 받지 못했던 날보다 더 큰 슬픔을 느꼈다. 환영 때문에 가족들이 모두 미라벨에게서 등을 돌릴 것이라고 예언했던 브루노가 떠올랐다. 그의 말은 정확했다. 브루노가 환영 조각들을 숨기려 했던 것도 바로 그 때문이었다.

"아니요, 할머니가 틀렸어요."

미라벨이 말하자 아부엘라를 향해 균열이 만들어졌다. 벽과 바닥도 심하게 갈라지기 시작했다. 균열이 촛불 바로 앞까지 이어지자 불빛도 불안하게 깜박이기 시작했다.

"루이사 언니는 아무리 힘이 세도 부족하고, 이사벨라 언니는 아무리 완벽해도 부족하죠. 삼촌이 떠난 것도 할머니께서 나쁜 점만 봤기 때문이에요. 제가 능력을 받지 못한 바로 그날부터 할머니는 저에 대한 믿음을 저버리셨어요."

미라벨과 아부엘라 사이에 균열이 생겼다.

"이 집이 죽어가고 있는 건 할머니 때문이에요. 가족의 부족한 점만 보는 할머니 때문이라고요!"

"내가 이 가족을 위해 뭘 했는지 넌 모른다! 내가 가족에게 어떻게 했는지 넌 모른다고! 난 우리 가족과 이 집을 지키기 위해 내 인생을 바쳤어."

엔칸토 전체에 금이 가기 시작했다. 마을 사람들은 겁에 질려 마드리갈 가족의 집으로 몰려왔다.

"눈을 뜨세요! 우리 가족을 무너뜨리는 건 바로 할머니예요!"

미라벨이 절규했다.

아부엘라는 미라벨의 말에 충격을 받았다. 하지만 뭐라고 대답을 하기도 전에 집이 무너지기 시작했다. 미라벨은 속수무책으로 무너지는 집을 바라볼 수밖에 없었다. 설상가상으로 촛불마저 바닥으로 곤두박질치기 일보 직전이었다.

"촛불! 촛불을 구해야 해!"

페파가 외쳤다.

가족들 모두 촛불을 구하기 위해 필사적으로 움직였다. 이사벨라는 덩굴을 타고 올라가 촛불을 구하려 했지만 덩굴이 먼지처럼 바스러져 땅바닥으로 떨어지고 말았다. 안뜰을 가득 메웠던 뾰족한 식물들도 덩굴과 함께 자취를 감췄다.

"안 돼!"

이사벨라가 외쳤지만 마법은 허무하게 사라지고 말았다.

엔칸토를 둘러싼 산에도 금이 가기 시작했다. 마법은 너무나도 빨리 사라지고 있었다. 균열은 더욱 빠른 속도로 퍼져나갔고 마을 전체가 위험에 처했다. 지금 당장 촛불을 구해야 했다.

"까시타!"

미라벨이 까시타에게 도움을 청하자 발코니에서 난간이 내려와 지붕 위로 올라갈 수 있는 길을 만들어주었다. 미라벨은 최대한 빨리 난간을 기어 올라갔다.

다른 가족들도 촛불을 구하기 위해 최선을 다했다. 하지만 그들은 너무나도 빨리 힘을 잃고 있었다.

카밀로는 촛불을 붙잡기 위해 여러 모습으로 변신하며 앞으로 달려갔지만, 손을 뻗으려는 찰나에 다시 원래의 모습으로 돌아오며 고꾸라지고 말았다.

"아, 안 돼, 안 돼!"

카밀로가 외쳤다.

페파는 날씨를 조절해 도움을 주려 했다.

"페파, 바람을 멈춰줘야겠어."

"못하겠어요."

페파의 능력도 사라졌다. 그 자리에 털썩 주저앉은 페파는 걱정스러운 얼굴로 아들을 찾았다.

"안토니오는 어디에 있죠?"

돌로레스가 안토니오의 방으로 달려갔다. 방 중앙의 거대한 나무는 마치 모든 것을 부숴버릴 듯한 기세로 크게 요동치고 있었다.

안토니오가 동물들에게 도움을 요청했지만 동물들은 더 이상 안토니오의 말을 알아듣지 못했다.

거대한 나무가 방문을 부수며 쓰러지자 재규어가 달려와 안토니오와 돌로레스를 안전한 곳으로 데려다주었다. 쿵 하는 충격에 모든 것이 나가떨어지고 말았다.

"안 돼!" 페파가 소리를 질렀다.

펠릭스가 안토니오를 품에 안았다. 안토니오의 방에서 동물들이 모두 뛰쳐나왔다.

"까시타! 모두를 집 밖으로 내보내줘! 지금 당장!"

미라벨이 외쳤다. 가족들의 마법이 모두 사라지자 까시타는 자신이 가진 마법을 모두 끌어모아 가족들을 집 밖으로 밀어냈다.

루이사는 가족들이 탈출하는 동안 마지막 힘을 짜내어 나무로 된 대들보를 받쳐주었다. 힘이 사라지자 대들보 밑에 깔린 루이사는 어거스틴과 훌리에타의 도움으로 겨우 그곳을 빠져나왔다.

집 안에서는 브루노가 까시타의 비밀 공간에서 빠져나오려 하고 있었다. 브루노는 머리에 양동이를 뒤집어쓰고 벽을 뚫어 집 밖으로 탈출했다. 까시타의 도움으로 가족들의 눈을 피해 부드러운 풀밭에 안전하게 착지할 수 있었다. 그곳에서 브루노는 무너지는 집을 지켜보았다.

미라벨은 황급히 지붕 위로 올라갔다. 아직 촛불을 구할 방법이 있었다. 촛불은 거의 손에 잡힐 듯했지만, 지붕이 아주 날카롭고 고통스러운 신음 소리를 내기 시작했다. 미라벨이 촛불을 움켜쥐자 집은 와르르 무너지기 시작했다.

"미라벨, 안 돼!"

홀리에타가 소리쳤다.

까시타가 마지막 힘을 짜내어 미라벨을 발코니 밖으로 밀어냈다. 쏟아지는 파편으로부터 미라벨을 보호하기 위해서였다. 까시타는 먼지를 뿜어내며 완전히 무너져 내렸다. 촛불도 영영 사그라들고 말았다.

"안 돼."

먼지를 뒤집어쓴 미라벨이 작은 목소리로 말했다. 미라벨 주변에는 아름다웠던 까시타가 산산조각이 난 채 어지러이 흩어져 있었다.

미라벨이 사랑했던 집이 이제 완전히 무너져버렸다.

멀리서 가족들의 목소리가 들려왔다. 안토니오가 큰부리새에게 말을 건넸지만 더 이상 안토니오의 말을 알아듣지 못하는 새는 멀리 날아가버렸다.

"왜 미라벨이 선물을 못 받았는지 이제야 알겠네요."

"미라벨에 대해 그런 식으로 말하지 말아요."

"내 아들에게 그렇게 말하지 말아요."

"여기에 남는 건 더 이상 아무런 의미가 없네요."

"떠난다고요? 어떻게 이곳을 떠날 수가 있죠?"

"엔칸토는 무너졌어요. 선택의 여지가 없지 않습니까."

사람들은 너도나도 언성을 높였다. 미라벨은 자리를 떠날 수밖에 없었다.

"미라벨? 어디 있니, 미라벨?"

훌리에타가 절규했다. 엄마가 자신을 애타게 찾고 있었지만, 미라벨은 자기가 없어지는 것이 가족들에게 더 잘된 일이라고 생각했다.

가족들이 뒤늦게 미라벨을 찾아보았지만, 미라벨은 어디에도 없었다.

18장

　미라벨은 무너진 산길을 따라 터벅터벅 걸었다. 강가에 다다른 미라벨은 발을 헛디뎌 넘어지고 말았다. 옷이 찢어졌다. 물에 비친 자신의 모습을 본 미라벨은 얼굴을 찌푸리며 고개를 저었다. 미라벨은 가족의 자랑이 되고 싶었지만 결국 실패하고 말았다.
　미라벨은 바위에 걸터앉아 어디로 가야 할지 생각했다. 가족의 곁을 떠나왔지만 어디로 가야 할지 아무런 생각이 나지 않았다.
　"미라벨."
　어디선가 다정하고 익숙한 목소리가 들려왔다. 할머니였다. 할머니는 까시타에서부터 미라벨을 따라왔던 것이었다.
　"죄송해요."

미라벨의 목소리가 작게 떨리고 있었다.

"모두를 다치게 하려던 건 아니었어요…. 저는 그냥 제가 아닌… 다른 누군가가 되고 싶었어요…."

할머니는 아무 말 없이 미라벨 곁에 앉았다. 지친 모습이었다. 미라벨은 한 번도 본 적 없는 모습이었다. 갑자기 할머니가 몹시 나이 든 것처럼 느껴졌다. 할머니가 이렇게 힘없고 약해 보이기는 처음이었다.

"난 이곳으로 다시 돌아올 수 없었어. 이 강은 우리가 기적을 선물받은 곳이란다."

할머니의 목소리에서 깊은 슬픔이 묻어났다. 할머니는 오랜 옛 친구를 보듯 가만히 강을 바라보았다.

"여기서 페드로 할아버지가…."

미라벨의 말에 할머니 아부엘라는 고개를 끄덕였다. 미라벨은 그제야 깨달았다. 페드로 할아버지의 이야기와 엔칸토의 역사가 모두 이 강에서 시작되었다는 것을. 수많은 날들 중 하필 오늘 미라벨이 이 강을 찾은 것은 과연 우연이었을까?

"난 우리가 다른 삶을 살게 될 것이라고 생각했어…. 난 다른 여자가 될 거라고 생각했었지…."

할머니는 다시 강물을 바라보았다. 마치 강물에 모든 해답이 있다는 듯이. 미라벨도 강물을 바라보았다. 그러자 강물에 비친 할머니의 모습이 젊은 아부엘라의 모습으로 바뀌더니 일렁이는 물결

위로 할머니와 할아버지의 이야기가 그려졌다.

아부엘라가 자란 작은 마을이 보였다. 주민들은 열심히 일하지만 생활은 그리 녹록지 않아 보였다. 어느 날, 젊은 아부엘라는 커다란 식료품 바구니를 나르고 있었다. 그런데 어디선가 험상궂은 남자들이 말을 타고 나타나 아부엘라를 놀라게 했다. 휘청거리던 아부엘라는 젊은 가게 주인의 발 앞에 바구니를 떨어뜨렸다. 심상치 않은 분위기를 느낀 가게 주인은 그들에게 나가달라고 애원했다.

그들이 떠나자 가게 주인은 아부엘라를 일으켜 세우고 다시 바구니를 안겨주었다. 아부엘라와 페드로는 이렇게 첫 만남을 가졌다.

이후 가게 밖에서 페드로가 아부엘라의 찢어진 치마를 꿰매줬다. 아부엘라는 페드로와 함께할수록 페드로에 대한 자신의 사랑이 커져가는 것을 느꼈다. 마을에서의 삶은 힘겨웠지만 둘은 서로를 사랑했고, 마침내 함께 살기로 결심했다. 미래를 계획하고 결혼도 하게 되었다.

작은 교회 계단에서 이제 막 결혼한 신혼부부가 촛불을 사이에 두고 있었다.

오늘 꺼져버린 그 촛불과 같은 촛불이었다. 엔칸토를 만든 그 촛불. 미라벨은 마법의 양초가 왜 항상 마드리갈 가족과 함께했는지 알게 되었다. 기적이 있기 전부터 촛불은 할머니와 할아버지의 사랑을 비추고 있었던 것이다.

몇 달이 흘러 젊은 아부엘라는 페드로에게 세쌍둥이를 임신했다는 소식을 알렸다! 페드로는 깜짝 놀라 기절하는 척을 하더니 아부엘라를 꼭 안아줬다.

세쌍둥이가 태어났다. 아부엘라와 페드로는 사랑스러운 눈빛으로 서로를 바라봤다. 하지만 바로 그때 밖에서 커다란 섬광이 번쩍였다. 말을 타고 나타난 침략자들이 마을에 불을 지르며 사람들을 위협했다. 부부는 아이들을 바라보고 서로를 바라봤다. 이들은 안전한 곳을 찾아 집을 떠나야만 했다.

부부는 챙길 수 있는 물건은 모두 챙겨 문밖을 나섰다. 그때 페드로가 잠시 멈춰 한 가지를 더 챙겼다. 바로 양초였다. 부부는 촛불을 들고 밤새 길을 걸었다. 다른 사람들도 뒤를 따랐다. 밤을 새워 걷던 이들은 강가에 다다랐다. 미라벨과 아부엘라가 앉아 있는 바로 그 강이었다.

강을 건너는 동안 페드로는 아부엘라를 격려했다. 페드로가 건네는 말과 애정 어린 눈빛은 아부엘라에게 큰 위로가 되었다. 그때 갑자기 그들의 뒤에서 시끄러운 소리가 들려왔다. 말이 우는 소리였다. 침략자들이 가까이 다가왔다는 뜻이었다. 사람들은 모두 흩어져 강을 건넜다. 혼란스러운 상황이 계속되었다. 아부엘라도 덜컥 겁이 났다. 아부엘라는 아기들을 꼭 끌어안았다. 아부엘라의 눈에서 두려움을 본 페드로는 가족을 지키기로 결심했다.

페드로가 부드럽게 아부엘라의 얼굴을 들어 올렸다. 그는 눈빛으로 모든 것이 괜찮아질 것이라고 말했다. 페드로는 아기들에게

한 명씩 입을 맞춘 뒤, 아부엘라에게도 사랑을 가득 담아 입맞춤을 했다. 페드로는 아부엘라의 눈을 바라보고는 아부엘라를 지키겠다고, 아이들에게 새로운 보금자리와 더 나은 삶을 살도록 하겠다고 약속했다. 페드로는 아부엘라에게 마지막으로 한 번 더 입을 맞추고 침략자들을 향해 달려갔다. 페드로는 그들을 막아보려 애를 썼다. 가족을 해치지 말아 달라고 애원했지만 무자비한 침략자들은 페드로의 간청을 들어주지 않았다. 페드로는 그렇게 목숨을 잃고 말았다….

사람들이 공포에 떨자 아부엘라는 강을 바라본 뒤 다시 아기들이 있는 곳으로 돌아왔다. 말을 탄 남자들이 가까이 다가오고 있었다. 페드로를 잃고 상심한 아부엘라는 겁에 질린 채 바닥에 무릎을 꿇었다. 그리고 촛불을 붙잡고 아기들을 살려달라고 기도했다. 아부엘라는 젖은 흙 속에 두 손을 파묻었다. 그러자 갑자기 땅에서 빛이 나오기 시작했고, 곧이어 강력한 폭발이 일어나 침략자들을 날려버렸다. 초는 더 밝게 타오르며 마법으로 가득 채워졌다.

아부엘라가 고개를 들었다. 모두가 무사했다! 다른 사람들도 모두 모여 아부엘라가 한 일에 놀라움을 감추지 못했다. 사람들은 축하를 나눴지만 아부엘라는 사랑하는 페드로를 잃은 강에서 눈을 떼지 못했다. 주변 산들이 마법처럼 높이 솟아올라 페드로가 목숨을 잃은 이곳을 에워쌌다.

이제 젊은 아부엘라는 혼자가 되었다. 새로운 보금자리를 얻었지만 슬픔은 가시지 않았다. 아부엘라는 세 아이를 바라보았다. 그리고 슬퍼만 하고 있을 수는 없다는 것을 깨달았다. 아이들에게는 강한 엄마가 필요했다. 아부엘라는 페드로와의 약속을 지키겠다고, 더 나은 삶을 위해 열심히 살겠다고 다짐했다.

페드로가 촛불을 들어 어두운 밤길을 밝혔듯이, 아부엘라는 촛불을 들어 창가에 올려두었다. 그 촛불이 자신의 길잡이가 되어줄 것이라 굳게 믿었다. 아부엘라는 페드로의 희생이 헛되지 않도록 열심히 살 것을 다짐하며 문밖으로 걸어 나왔다.

시간이 흘러 세 아이가 자라자 아이들에 대한 아부엘라의 기대와 요구는 점점 커져만 갔다. 모든 가족들이 기적을 얻어 마드리갈 가문을 자랑스럽게 만들어야 했다. 시간이 흘러 아부엘라의 손자들이 태어났고 그들도 모두 능력을 선물받았다. 하지만 미라벨은 예외였다.

미라벨이 능력을 받지 못한 날 이후로 아부엘라는 미라벨을 멀리하기 시작했다. 그러자 집에는 금이 갔고 아부엘라가 페드로에게 약속했던 모든 것들이 위태로워지기 시작했다. 그들의 보금자리이자 신비롭고 아름다웠던 까시타는 결국 산산조각이 나고 말았다. 가족은 분열되었고 서로를 향해 목소리를 높였다.

아부엘라는 페드로의 사진이 들어 있는 펜던트를 꽉 붙잡는 것 말고는 아무것도 할 수가 없었다. 스스로가 실패자처럼 느껴졌다.

미라벨은 할머니의 목소리를 듣고 다시 현실로 돌아왔다. 둘은 가만히 강을 바라보았다.

"난 그때 기적을 얻었어. 두 번째 기회를… 그런데 그걸 잃을까 너무 두려운 나머지 페드로의 희생이 누구를 위한 것이었는지 미처 보지 못했어. 만일 지금 페드로가 날 보고 있다면 매우 실망하겠지."

아부엘라가 미라벨을 바라보며 말했다.

"넌 절대 우리 가족을 해치지 않았어, 미라벨. 우리를 무너뜨린 건 바로 나야."

아부엘라도 스스로 자신의 잘못을 인정했다는 사실에 놀란 듯 보였다.

미라벨은 할머니를 바라보았다. 할머니가 왜 그렇게 오랫동안 꼿꼿하고 강인한 모습만을 보여주었는지 이해가 되었다. 할머니는 너무나도 많은 일을 겪었다. 집을 떠나야 했고, 남편을 잃었으며, 혼자 세 아이를 키웠다. 많은 일을 겪은 할머니에게는 가족을 보호하는 일이 가장 중요한 일이었다. 그때 나비 한 마리가 미라벨과 아부엘라가 있는 강가로 날아왔다. 나비는 강 한가운데의 갈대 위에 내려앉았다.

나비를 바라보던 미라벨은 깜짝 놀랐다. 눈앞에 있는 나비가 환영에서 본 나비와 똑같았기 때문이었다! 브루노가 나비를 따라가라고 했던 것이 기억났다. 미라벨은 신발을 벗었다. 할머니의 신발도 벗겼다. 둘은 손을 맞잡고 함께 강물로 걸어 들어갔다.

"오래전에 할머니와 할아버지는 집을 떠나야만 했어요. 그리고 할머니는 혼자서 너무나도 큰 고통을 감당하셨죠. 할머니에겐 그 무엇보다 가족이 소중했으니까요. 우리 가족을 구한 건 바로 할머니세요. 이제 다시는 할머니 혼자서 모든 짐을 짊어지려 하지 마세요. 아무리 힘들고 어려운 일이 닥쳐도 우리가 할머니와 함께할게요."

미라벨의 말은 아부엘라의 가슴속으로 깊이 들어가 굳게 닫혔던 마음을 열게 했다. 구름 사이로 다시 햇살이 비치기 시작했다. 강물도 햇살을 받아 영롱하게 빛났다. 아부엘라는 미라벨에게 깊은 감명을 받았다. 그리고 처음으로 미라벨의 얼굴을 찬찬히 들여다보았다.

"난 페드로한테 도움을 청했었단다. 미라벨, 그이가 널 나한테 보냈구나."

미라벨을 바라보는 할머니의 눈에 사랑과 자부심이 넘쳤다. 아부엘라는 미라벨의 얼굴을 부드럽게 쓰다듬었다. 아부엘라가 미라벨을 껴안자 강물이 소용돌이치며 수백 마리의 나비가 높이 날아올랐다. 둘은 다시 손을 맞잡고 강둑으로 나왔다. 때마침 나무 뒤에서 요란한 소리가 들려왔다.

"그 애 잘못이 아니에요!"

브루노가 말을 타고 달려오며 소리쳤다.

"제가 그랬어요! 제가 미라벨한테 환영을 준 거라고요! 제가 미라벨한테 가라고 했어요. 그래서 미라벨이 그런 거예요, 푸-우-우-우! 걘 도우려 한 것뿐이에요. 어머니께서 절 어떻게 생각하시든 전 상관 안 해요. 근데 그 고집불통 좀…."

아부엘라는 브루노가 더 이상 아무 말도 하지 못하도록 따뜻하게 꼭 안아주었다.

"우리 브루노."

아부엘라가 다정한 목소리로 부르자 브루노는 당황한 얼굴로 미라벨을 쳐다봤다.

"제가 지금 중요한 대목을 놓친 건가요?"

"가요!"

미라벨이 말 등에 올라타며 외쳤다. 아부엘라와 브루노도 차례로 말에 올라탔다.

"무슨 일인데? 우리 어디로 가는 거니?"

브루노의 물음에 미라벨이 대답했다.

"집에요."

미라벨과 아부엘라 그리고 브루노는 나비들의 흔적을 쫓아 엔칸토를 향해 달렸다.

19장

　한편, 폐허가 된 까시타에는 어둠이 내려앉고 있었다. 가족들과 마을 사람들은 주변의 모든 것이 무너져버리자 크게 충격을 받고 망연자실한 모습이었다. 미라벨의 가족들도 무엇을 해야 할지 몰랐다. 모두의 능력이 사라져버렸기 때문이다. 까시타는 완전히 무너졌고, 마을 전체가 위태로운 상황이 되었다. 게다가 아부엘라도 미라벨도 보이지 않았다.
　그때 페파의 어깨 위에 앉아 있던 안토니오가 반짝이는 빛을 발견했다. 안토니오는 엄마의 등을 톡톡 두드려 커다란 빛이 그들을 향해 달려오고 있다고 알려주었다. 페파는 고개를 들었다. 그들이 본 것은 아부엘라와 함께 말을 타고 달려오는 미라벨이었다!

물론 브루노도 함께였다! 그들 뒤로는 눈부시게 빛나는 나비 떼가 힘찬 날갯짓을 하며 날아와 어둠을 몰아내고 있었다. 가족들도, 마을 사람들도 모두 그 광경에 입을 다물지 못했다.

미라벨은 무너진 집 앞에 말을 세웠다. 처참한 광경에 깜짝 놀랐지만 주저앉아 있을 수만은 없었다.

"미라벨!"

훌리에타가 외쳤다. 훌리에타는 미라벨을 꼭 껴안고 딸이 무사하다는 사실에 안도했다.

"세상에! 미라벨, 엄마가 얼마나 걱정했는 줄 아니?"

"엄마, 우린 괜찮을 거예요."

미라벨이 말했다.

미라벨이 강가에서 무엇을 보았는지 이야기하자 가족들은 미라벨 주위로 모여들었다. 아부엘라는 멀찍이 서 있던 브루노를 가족들 곁으로 잡아끌었다.

브루노가 돌아왔다니! 가족들은 믿을 수가 없었다. 그들에게 있어 브루노는 더 이상 두려운 존재가 아니었다. 사실은 모두가 브루노를 그리워하고 있었다. 예언에만 신경을 쓰느라 브루노가 얼마나 다정하고 착한 사람이었는지 잊고 있었던 것이었다.

가족들은 한 명씩 차례대로 자신들의 진심을, 두려움과 바람을 털어놓기 시작했다. 그들은 처음으로 자신들의 진정한 모습을 서로에게 보여주었다. 너무나도 오랫동안 서로 진심 어린 대화를 나누지 못했었다. 하지만 이제 진정으로 중요한 게 무엇인지 모두 깨닫게 되었다.

마드리갈 가족은 어지럽게 널려 있는 잔해들을 하나씩 치우기 시작했다. 마을 사람들도 함께 나섰다. 모든 것이 불확실했지만 마드리갈 가족을 도우려는 마음만은 확실했다. 마드리갈 가족은 기꺼이 마을 사람들의 도움을 받아 까시타를 다시 세우기 시작했다.

미남 청년 마리아노 구즈만은 돌로레스 곁으로 다가와 그녀를 돕기 시작했다. 돌로레스는 두 눈을 반짝이며 미소를 지었다. 공사는 밤이 새도록 이어졌다. 모두의 힘으로 까시타가 다시 한번 지어지고 있었다.

모든 일이 끝나자 미라벨은 가족들과 함께 집을 바라보았고 사람들은 기뻐하며 양초에 불을 밝히기 시작했다. 집은 거의 완성되었다. 하지만 빠진 게 하나 있었다.

아부엘라는 미라벨에게 집의 마지막 조각을 건네주었다. 그것은 바로 문고리였다.

문 앞에 선 미라벨은 문고리에 비치는 자신의 모습을 바라보았다. 그리고 문고리를 끼워 넣었다. 그러자 쉭! 하는 소리와 함께 집이 다시 살아 움직이기 시작했다. 나비들은 엔칸토 주위를 빙빙 돌며 눈부신 빛을 선물해주었다. 가족들의 힘이 모두 돌아오자 미라벨은 문 앞에 섰다. 그리고 미소를 지었다. 마침내 브루노의 환영이 현실이 되었다.

까시타가 미라벨을 향해 손을 흔들자 미라벨도 까시타에게 반갑게 인사했다.
"안녕, 까시타!"

에필로그

까시타에는 마법이 돌아왔고 엔칸토 위로 눈부신 햇살이 떠올랐다. 아부엘라와 미라벨은 촛불을 다시 안뜰에 가져다 두었다. 불빛은 그 어느 때보다도 선명하게 타오르고 있었다! 초는 가족들에게 페드로 할아버지의 희생뿐만 아니라, 가족 모두가 그들이 받은 능력에 상관없이 가치 있고 빛나는 존재라는 것을 상기시켰다.

가족들은 두 팔 벌려 브루노를 따뜻하게 환영했다. 브루노는 더 이상 혼자서 쓸쓸하게 저녁을 먹지 않아도 되었다. 게다가 생쥐 극장의 금지된 사랑 이야기는 모두에게 큰 인기를 끌었다!

루이사는 여전히 열심히 일했지만 휴식이 필요할 때마다 '나만의 시간'을 갖는 일도 빼먹지 않았다. 이사벨라는 이제 가장 불완전하고 가장 원시적인 식물들의 여왕이 되었다! 돌로레스는 평생을 함께하고 싶은 사람과 결혼하게 되었다. 신랑은 바로 미남 청년 마리아노 구즈만이었다! 온 마을 사람들이 그들의 결혼을 축하해주었다. 그리고 미라벨은… 어떻게 지내고 있을까?

어느 날 가족들은 미라벨을 위해 깜짝 선물을 준비했다. 미라벨의 눈을 가리고 그녀를 방문 앞으로 데려갔다. 가족들은 와자지껄 떠들며 함박웃음을 지었다. 가족들이 안대를 벗기자 미라벨은 입이 귀에 걸리도록 커다랗게 미소를 지었다! 가족들이 각자의 특별한 능력을 상징하는 무언가로 미라벨의 방문을 장식해놓은 것이다. 그것은 마법으로 만들어져 사랑으로 빛났다. 미라벨에게도 그녀만의 특별한 문이 생긴 거였다!

이후 미라벨은 아코디언을 연주하며 아이들에게 기적과 마법의 선물에 대한 이야기를 들려주었다. 아이들은 미라벨의 이야기에 귀를 기울였다.

"많은 사람들이 저의 가족에 대해 묻죠. 저는 항상 그들에게 똑같은 대답을 들려준답니다. 우리 가족은 당신의 가족과 똑같아요. 모두가 정말 마법의 능력을 선물로 받았을까요? 글쎄요. 때론 우리가 받은 능력이 다른 사람들이 받은 것보다 더 보잘것없어 보이기도 하죠. 때론 우리가 받은 능력이 여러분이 생각하는 것과 다를 수도 있어요. 그리고 때론… 여러분이 주의 깊게 본다면… 여러분이 마음의 눈을 뜬다면… 여러분은 결코 그 능력을 가질 수 없다는 걸 알게 될 거예요…. 아, 잠깐만, 아니다. 여러분에겐 그것이 필요하지 않다는 걸 알게 될 거예요. 알겠죠?"

찰칵! 마드리갈 가족은 새 가족사진을 찍었다. 가족들은 각자 가장 우스꽝스러운 얼굴로 포즈를 취했다. 제일 중요한 사실은, 그 사진이 벽에 걸렸다는 것이다! 미라벨은 더 이상 외톨이가 아니었다. 미라벨은 사진 한가운데 서 있었다. 그곳이 바로 미라벨이 있어야 할 자리니까!